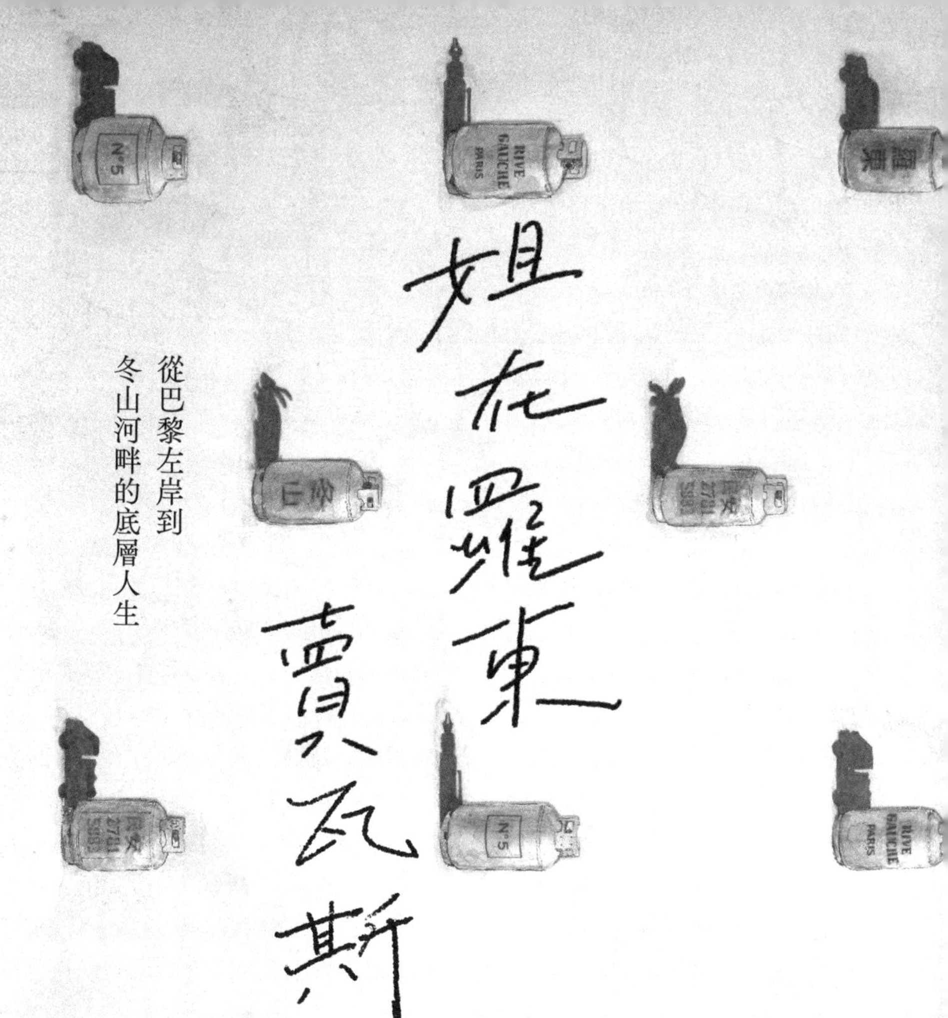

姐在羅東賣瓦斯

從巴黎左岸到冬山河畔的底層人生

王雅倫——著

給 曼儂 愛眉 邊疆

推薦序

謝謝你替我愛過她

陳文茜

她替我愛過你了，羅東，我的故鄉，我父親的出生地，我嬰兒時期長大的地方。

那時候的我多麼幼小，在曾祖父陳純精銅像旁的羅東公園長大。不知道我的命運和羅東交會的時間會那麼短暫，那麼悲劇，卻又不斷重逢。

那時候的我多麼純潔，沒有悲傷零落的時候，儘管家族已經充滿了悲劇，我牙牙學語，天生罕見疾病使我始走不出公園；好像我這一生永遠脫離不了的故鄉羅東。

我多麼幸運，沒有被悲劇污染，就已經離開，去了島嶼另一方的台中。

我們持鏡而立：我和王雅倫。

她在中年之後，父亡之後，才每週開著父親的 Mini Cooper 小車，至父親留下的液化瓦斯分裝廠。

從台北至羅東的路上，似乎比台北至巴黎、布魯塞爾還遠。

沿途經過礁溪、宜蘭、三星、冬山，……到羅東了。

時間不是丈量距離惟一的尺度，包括你必須改變的心態，改變的待人方式，看人的角度，還有自己的定位。

我是誰？

王雅倫每回在一次又一次回到羅東的路上，質問自己。

穿過熱鬧吵雜的羅東市中心，街道兩旁喧嚷忙碌的商家，川流不息的人車，開始出現零星的水稻田，遠處是環繞著羅東層層疊疊的山脊線。

住家商店開始變得零星稀少，再經過最後一個紅綠燈，和十字路口的小雜貨店，沒有煙火人家了。

緊接著的是另一種風景，盡頭的「墓仔埔」，比墓碑還高的油綠綠的雜草，毫無章法，越往裡走，橫寫的墓碑越多，但王雅倫的「羅東之家」尚未抵達。

再繼續走，沿著田埂的小路口，有一棵自王雅倫小時候一直都在的，高高的檳榔樹旁，一家液態瓦斯分裝廠……王雅倫的羅東之家到了。

說是家，那裡的棲息地是一個鐵皮屋，日久已有點扭曲的模樣，內頭有張小床，小桌，簡單的廣播器，電話……始終滲著尿臭味給主人客人一起使用的拼裝廁所。

但這裡也是王雅倫如孤狼般的父親，一個人隻身來台，最大的事業成就。靠著這個墳場旁的液化瓦斯分裝廠，他把女兒王雅倫送到巴黎，就讀法國總統總理們就讀的高級行政學院。那是戴高樂創立的學校。

在王雅倫眼中，她的帥氣爸爸，如戴高樂一樣高大。

父親的高大，不只是身高，包括他的志氣。

他對妻子、女兒、兒子不輕易表露感情，但卻有高遠的志向。栽培女兒歐洲尋夢，包括事業投資；即使衰老了，奔波一生，未曾要求兒女回饋，終老病危前仍念茲在茲照顧另一個生病的女兒……

這是一個嚴厲而又偉大的父親奮鬥之地。靠著這個墳場旁的液化瓦斯分裝廠，鬼使神差地，竟成就了他的子女，到達自己一生到不了的地方，完成不了的夢想，以及得不到的教育。

和王雅倫一起長大的好朋友李永萍，第一次看到這個鐵皮屋，小硬床，冬季羅東的風還會呼嘯嘯地穿入，立即尖叫：「王雅倫，妳瘋了，妳怎麼可以睡在這裡？」

「為什麼不行？我爸爸在這裡待了大半輩子。」

仔細估算，約一萬個晚上。

王雅倫與父親之間如今已遙不可及——天人永隔。這是她對父親獨特的追思嗎？

世事有時緣若煙火，生出些許起落。浮雲輾轉之間，凝寂成塵。

雅倫大可把它當「遺產」脫手，賣了。

但她有一種自己說不清楚的牽掛；不只是親情。

父親活著的時候，除了最後安寧時刻，雅倫抱著爸爸，他們始終是保持距離的父女，甚至逃開家庭悲劇的女兒……在那個家，王雅倫總是那個等著挨爸爸罵的人。

父親走後，她特別愛和我說話。原因無他，她想念爸爸的責罵。我們是《文茜的世界周報》工作伙伴，有時候她的固執及跳躍，會惹火了我，當我身體虛弱頭痛到不能忍受的時候，我會「罵」她一頓……結果雅倫的回應居然是：「太好了，我好久沒有被罵，好愉快又熟悉喔！」

他們不是戀人般的父女，在父親生命走下台階後，王雅倫因此必須慚愧地接替父親的角色。

關於他們之間特殊的愛，王雅倫寫在她上一本書籍，《要這樣的生離死別，才能讓我們相識相遇》，文字於紙頁年月中，記載衝突又泛黃的故事。

他們或許是游移的親情，但彼此卻有著無月的信任。

如筆中，那殘餘的墨；怎麼也捨不開。

王雅倫的父親把墳場旁邊的瓦斯廠交給她，包括要求她照顧妹妹。

於是硬床上的身軀，成為王雅倫，一個法文說得比閩南語流利的女人，一個罹患肺腺癌的女人……一個不曾被父親深深擁抱的女孩。

面對複雜，不熟悉，混江湖，不談雨果只含檳榔果的客戶，她尋找著藩籬古怪的邊界，去衝破或者躍過。

她始終不放棄。

在某些世紀，傳說香氣會穿透人的心臟，於他死後，傳出讚頌。王雅倫在父親最後幾天，抱著他，靠著他，捏著他的手。

她的孤狼父親透過香氣，傳出密碼給了王雅倫，使她承受此擔負嗎？還是迫使她超越我們一般人的成長？

知道什麼叫底層人？

體驗什麼叫工人階級？

把自以為是的讀書人，拉進生活的實體，從此不再高談闊論？

每次王雅倫暗夜中行走的墳場之路，那些大大小小的墓碑，一旁的雜草，都像生活中有人滔滔不絕地談論愛與哀愁，成功與失敗，然後大笑，離你而去。

這本書是一個女人走過墳場的記憶；一個真正走入左岸（左派）生活的記

載；一個從巴黎、布魯塞爾、到羅東的紀錄。

羅東冬季始終陰雨，灰灰蒼蒼，遠方若有幾近墨黑的空靈山影，也充滿悲傷。

城市唐突錯亂，擁擠：五顏六色，也算是一種另類的熱鬧繽紛。

閱讀王雅倫的描述時，我的身體健康已經一身污垢。

她的身體沒有完全被撕碎過，和我的千瘡萬孔不一樣。

羅東，她替我愛過你了。

我還記得童年時期愛的純淨，為了這一點，我告訴自己，該回故鄉了。

如一面鏡子，我們共同與羅東相遇。

一個與羅東覊伴一生的我，一個另一邊，與羅東若即若離的她……

但她接住了羅東，抛掉北一女、台大外文系、法國高級行政學院雙碩士……坎城影展策展人的「曾經」，向著羅東瓦斯廠，於雪山隧道宣告自己是「工人階級」的後代。

她說這話時，正在雪山隧道中，我不在她的身旁，卻感覺純潔的圖像，好像她父親的光，傳遞給另一人。

王雅倫在法國得到的碩士學位之一是戲劇，她和她的孤狼父親，很像「鏡戲」，或許三球，或許九球相交叉。

去了巴黎又如何？

人生本來就是紮實實墳場邊的奔跑，不論妳的腳步多遠，有一天倒下，我們都是墓碑下的粉末。

羅東，我漫長的童年回憶，它一直存在，在我的內心中我不曾與它別離。

雅倫，謝謝妳接替我，愛著她。

推薦序

王雅倫奇幻的斜槓人生

李永萍

今年（二〇二四年）開始，我和我的朋友們，主要是一起長大、共同定義著彼此人生北一女和台大外文系的同學們，陸陸續續都過了六十歲生日。即便我們生活在多數人可以期待八十或九十歲壽數的二十一世紀，六十歲或許不再有沉重的暮年之氣，但畢竟是一道重要的人生關卡；值得反省沉思、覺醒與再覺醒。我們多數同齡的好友們，或是遺憾於過去的選擇、或是悲嘆於年輕時瑰麗的夢想難尋；然而卻有少數人——極少數——，會決定在此刻人生重開機，跳出舒適圈、改變自我數十年來的階級定義，展開意想不到的斜槓人生。

王雅倫就是這極少數的一員。

在她面臨父親過世，留下一座位於宜蘭羅東、財務不佳的瓦斯分裝廠時，王雅倫不考慮變賣、不願意分租，固執地親自接手賣瓦斯。六十歲的她，是參與「丙種職業安全衛生業務主管在職訓練」課程最老的學生，以及唯一的女生。

於是，王雅倫開啟了她在《文茜的世界周報》歐洲撰述／作家以外的另一個斜槓人生——羅東墳墓坡中瓦斯廠老闆／女工。

雅倫這本書記錄了她跨越階級、國界的奇特經驗與領悟之道。寫的是台灣宜蘭羅東的在地故事，卻非常有「異國風」。因為，二十歲即赴歐留學的她，法文說得比台語好，而她的破台語成了她在瓦斯廠工作的障礙。她的員工、客戶無法當她為自己人，雖然賣瓦斯並不要求與人交心，然而一旦被視為「外人」、「外地人」、「外國人」，王雅倫在羅東就面臨被欺生、被欠債，甚至被威脅的處境。

在我們同學們生活的小宇宙中，英文比台語重要，法文比英文稀罕。雅倫從高中時期就被視為語言天份極高，是英文演講比賽的常勝軍。大學時，她的媽媽在蒙藏委員會工作，雅倫暑期去實習，回來竟也能說蒙古語。在法國法文流利程度一度被誤認為土生土長法國人的她，到了羅東，卻被譏嘲「講台語好好笑」，並被員工嗆聲說不想聽她的破台語。

從巴黎左岸到冬山河畔，從布魯塞爾到宜蘭羅東，所阻隔的豈只是地理上的千山萬水，真正難跨越的是心理距離與族群、語言和階級認同。

雅倫的書寫，表面上要回答一個反差力極強的問題：為什麼一個受過良好教育、北一女台大畢業生、擁有法國雙碩士學位的中產階級女士，要堅持在台灣鄉下賣瓦斯？而更深層次的是，她在此書探索了「我是誰」？「何處是我家」？這樣亙古至今的哲學性問題。

雅倫說，二〇二三年十二月的某一天，早上醒來……

我忽然像作家卡夫卡《變形記》的主人翁一樣：「發現自己變成了一隻巨大的昆蟲」。

……我沒有變成一隻蟲。

我只是頓悟了自己是一個女工。

……

我的爸爸二〇二二年中秋節，走了。留下了一個破舊不堪的瓦斯廠。

搞了半天，我就是一個工人小孩。……

王雅倫從小到大都很怕她的父親。有一段時間雅倫一旦從歐洲返台，她寧可窩在我家，也無法去跟獨居的父親同住。父女間的無法溝通，隨著王伯伯晚年重聽日益嚴重，一切就變得更困難了。

然而，在她父親離世、自己即將邁入六十歲的關卡，雅倫決定穿起父親的工人鞋子，一步步走著父親曾走過的路（雖然現在有了雪隧，路好走多了）。她追尋爸爸的足跡、也想重新理解自己的根源；雅倫透過繼承瓦斯廠的艱辛，試圖與父親達成和解，卻最終，成為療癒自己，與自己和解的珍貴旅程。

做為好友的我，在讀這本書時，淚點很低，對雅倫在羅東遭遇的種種，感到心疼，也不捨她如此自苦。然而轉念一想，若將六十歲後的雅倫定位為「墳墓坡中瓦斯廠準時上工的詩人」，這樣的意象，似也頗有十九世紀歐洲風格，不免就釋懷了。

王雅倫奇幻的斜槓人生，或許終將成為寫實的台灣啟示錄。

目錄

推薦序

羅東

北宜公路

如果到了羅東火車站，叫計程車，司機一聽到這個地址，通常都會愣住。

如果是晚上，他們通常不肯載。

「沒有人晚上去那裡啦。」

沒錯。大家來羅東去的是熱鬧的羅東夜市。誰會在一個不是清明節的日子，專程要去漆黑死寂的……

如果是白天去呢？

我看得出司機的猶豫：我默數到三（通常不會超過三……）。他們算的更快：車程最少兩百元跑不掉。

點點頭，上車吧。

穿過熱鬧吵雜的市中心，街道兩旁喧嚷忙碌的商家，川流不息的人車，開始出現零星的水稻田，遠處是環繞著羅東層層疊疊的山脊線。住家商店變得零星稀少。

經過最後一個紅綠燈，和十字路口的小雜貨店，就沒有煙火人家了。緊接著的是另一種風景。襯著羅東冬天的陰雨，灰灰蒼蒼的天地，遠方幾近墨黑的空靈山影，但是霸佔眼前視線的卻是唐突錯亂的擁擠：一大片五顏六色，各有方向，大小不一，但又緊緊挨著幾乎看不見空隙，也看不見盡頭的「墓仔埔」。

也算是一種另類的熱鬧繽紛。只是頓時沒了熙攘的人聲。再多的顏色，也無聲無息的擁擠。

它們在顏色上唯一的交集，是那塊或橫或豎，黑底金字的墓碑。和各家各戶之間冒出來的，比墓碑還高的油綠綠的雜草，看似毫無章法，卻是清楚明白互不侵犯的楚河漢界。越往裡走，橫寫的墓碑越多，因為漸漸是佔地面積越來越大，建築越來越壯觀華麗的陰宅。大多沒有往生者的名號，沒有立碑的年月日，而是各個姓氏的「祖宗佳城」。簡單的像一塊大型廣告招牌。

福地市場也有豪門大戶。這裡絕對是陰宅裡的帝寶。除了它們沒有地址門號。

通常司機在這個時刻會回頭問我——即使他們有導航——「快到了嗎？」

「繼續走。」

我要去的是一個有地址門號的液態瓦斯分裝廠。

但是我老是記不住分裝廠的確實地址，因為從我有記憶以來，原來是深藏在一大片果樹農地裡的分裝廠，隨著周圍福地陰宅面積的擴大，種植果樹的田地被變賣出售，道路的開拓延伸，路名的規劃變更……

有道是滄海變桑田，這裡倒是桑田變佳城。四十多年以來，唯一不變的，是這個漸漸被墳地四面包圍的瓦斯分裝廠。

我記不得路名，但是我知道在哪裡轉彎，原來是田埂的小路口，有一棵一直都在的，高高的檳榔樹。

我很少自己開車來。小時候，總是坐著爸爸的車來工廠的。在北海岸的雪山隧道開通之前，只有一條山路可走，台北開往新店南邊山裡，經過坪林、礁溪的「九拐十八彎」——長大之後，才知道這就是險峻的北宜公路。

我們有機會和爸爸一起去羅東的時間，都是每年春節的年假期間，小時候哪知道這條路的危險，只記得彎彎曲曲令人頭暈想吐的山路，窗外雲霧繚繞間，遠遠近近的山巒，縱深綿密的山谷，和沿路上不時出現的，散落在彎道路邊的冥紙。我們也有撒冥紙的時候，爸媽分給我們姐弟三人每人一小疊紙片，我們興奮的搖下車窗，伸手使勁揮撒出去，然後看著那些金金亮亮的小紙片，瞬間隨著車速飛揚而起，再飄呀飄地遠遠的落在車後。一旦落地，山裡的溼氣或是雨水就讓它們再也飛不起來。我們這才回過頭來，往前看，抓緊手裡的一把新紙，準備再撒一把……再歡呼一次。

瓦斯廠不能放鞭炮。北宜公路上滿天飛揚的冥紙，竟然成了我小時候，過年最鮮明的記憶。

那時的宜蘭還不是現在的觀光勝地。印象中這是一條從不塞車的路。所以任我們撒得滿天滿地的冥紙，並不干擾後面駕駛的視線——因為通常後面沒有車。前面呢？好像也沒車。印象中，我們是山路迴轉之間唯一的車。偶爾會看到遠處閃閃爍爍的車燈，在曲折的山路間或隱或現，然後毫無準備地在短短的直線車道上迎面而來，扭了一百八十度的脖子還沒轉回來，就已經擦身而過。

整座山裡又剩下我們。

偶爾爸爸的車速降得更慢，那肯定是下雨了，或者是山裡的霧太大太濃，伸手不見五指，更要小心翼翼。即使我們手上還有冥紙也不撒了，因為撒出去也看不見。我們一下子都安靜下來，瞪著什麼都看不見的前方。一種莫名所以的緊張。

直到忽然前方出現兩個小紅點，哇！太好了，這表示爸爸只要跟著前面的車燈走，就安全了。我們鬆了一口氣，可以放心的睡去。一覺醒來，就到羅東了。

一家五口擠在小小的車裡，這應該算是我們全家唯一的，過年的團圓時刻。

因為走完北宜公路，穿過果樹農地，來到分裝廠，爸爸立刻馬不停蹄地跑上工作台，忙著和其他幾位工人把氣槽裡的瓦斯，灌進大小不一的瓦斯桶裡，再把滿滿的瓦斯桶滾上各個瓦斯行的卡車，讓他們趕著年夜飯前，再多送幾趟。除夕家家戶戶都要燒瓦斯，工作台上忙翻了，根本沒有我們小孩湊熱鬧的份兒。我們通常被安排去貼春聯。

有時候他們忙不過來，也會讓我們幫忙，我們就獲准到台子上去替瓦斯桶封口：用一個個泡在酒精罐子裡的紅塑膠薄片，包住灌好的瓦斯桶接口，等酒精揮發了塑膠薄片就會繃緊，保護瓦斯桶不漏氣。像是整個作業流程結束的一個紅色句點。

媽媽則忙著清理從台北帶來的年菜，在簡陋的工廠廚房裡忙乎起來，準備大家下工後的年夜飯。通常都要忙到很晚，我們等著等著，都歪歪斜斜地睡著了，又被叫起來吃年夜飯。上桌吃飯的不只我們家五個人，每年都有下工後來不及趕回家吃團圓飯的一兩位員工。吃完飯領了工錢，他們才騎著摩托車或開著卡車離開，通常都已經接近午夜了。這才終於輪到我們小孩領紅包。

然後整個工廠就只剩下我們一家人。

我們爬上工廠的通鋪，把壓歲錢放在一顆陌生的枕頭下，疲累壓過了陌生的氣味，就這樣一覺睡到大年初一。愛睡到什麼時候起來也沒人管。醒了。其實沒醒，黏糊著一張臉，不知道接下來要幹什麼的茫然。可以倒頭繼續昏睡，或者起床繼續發呆。小時候的無聊，卻是記憶裡最鮮明的黑白。

電話鈴響，爸爸接電話拜年時熱絡的恭喜發財。啊，大年初一。

最開心的應該是工廠的小狗。有記憶以來，這裡一直都有隻狗，就是最普通的土狗，牠和我們一樣，在昏睡與發呆之間，百無聊賴。痴心等待我們醒來，進入牠的視野時，剎那間爆發的興奮，牠汪汪汪的恭喜賀歲，追著我們滿地亂轉。於是我們都醒了。除了要說吉祥話，和吃一小棵媽媽準備好的長年菜之外，我們沒有其他的功課。

就逗逗狗，開著電視，在千篇一律熱鬧無聊的賀歲節目前，比賽磕瓜子，把吐出來的瓜子殼堆成一座小山丘。爸爸忙著打電話拜年，媽媽忙著整理除夕的剩菜，或者其他的雜事。

什麼事也沒有發生。只有我們一家人。一直到初三開工。

原來這就是歲月靜好。

我不記得除了羅東瓦斯廠以外，其他春節的樣子。

除夕

這個分裝廠一直都在。

我唸完大學，離開了台灣。弟弟妹妹也陸續成家立業，我們全家再也沒有一起去羅東過年。二〇〇〇年初，已經接近七十的爸爸沒有體力自己經營了，就把分裝廠租給別人。萬萬沒想到十年前，因為各種原因，爸爸居然又決定把租出去的分裝廠，收回來自己經營。

從此去羅東分裝廠過年的，只剩下他一個人。

唯一的改變，是他不再辛苦地走迂迴曲折的北宜公路。但是也沒有人陪他走雪山隧道了。

這十年，我總是在除夕夜打電話到分裝廠，心疼他一個人守著這個分裝廠過年。坦白說，我的心疼很廉價，但是對於辛苦打拼了一輩子的爸爸來說，這個廠，無價。

二〇二二年九月，爸爸走了。

留下了這個分裝廠。弟弟妹妹毫無興趣。我人不在台灣，但是我狠不下心放棄。

員工都沒有走，客戶也都沒有離開。我只能回來。這才發現：爸爸不在了，這個老舊的分裝廠，在我眼裡，也是無價。

平日夜裡值班守廠的員工，好幾個月前就問我：「過年怎麼辦？」

這是爸爸身後的第一個春節，怎麼辦？

老實說，我還搞不清楚狀況。但是我也沒有太多選擇。

「我會回來守廠值班。」這是我的承諾。

於是我在二〇二三年的春節前三天，隻身趕回台灣，開著爸爸的車，帶著睡袋和簡單的行李、新買的春聯，開車摸索著不熟悉的導航路線：我要去工廠過年。

一個人。

只有媽媽擔心的問：「妳一個人可以嗎？」

我不知道，但是我點點頭。

和四十多年前一樣，二〇二三除夕前的分裝廠，仍然是一整年最忙的時候。即使現在的灌氣作業，已經全部自動化了，我還是幫不上忙。看著大家忙進忙出，我像一個看戲的傻子。

雖然名義上我是老闆：一個什麼都不懂，還是像小時候一樣，只會貼春聯的老闆。

我不想賣掉，也婉拒了幾個有興趣要承租的人。說穿了我只想維持現狀。因為這是爸爸堅持撐到最後，一直做到他病倒了，辛苦了一輩子，養育了我們一家人的血汗工廠。

我不知道從哪裡接手。於是只能從我最遙遠也最清楚的記憶開始：在工廠守歲過年。

除夕一大清早就到了工廠。鐵門都還沒拉開。迎接我的是兩條狗。他們即使被拴著，也興高采烈又叫又跳地歡迎我，好久不見，別來無恙？牠們起碼認得我，不覺得我的出現有什麼奇怪。

不像那些和爸爸結識了三四十年的瓦斯行老闆們，看到我的出現，收下了我準備的年節伴手禮，半信半疑的問：「妳真的要在這裡過年？一個人？」

隨著他們的表情——如果是嚼著檳榔皺著眉頭，問號的意思就是：妳什麼也不會，留下來有什麼用？

那我就回答：「爸爸怎麼過年，我就怎麼過年。」我雖然不懂，但是我沒有逃走。

如果是表情裡驚訝多於嫌棄，問號的意思是：妳一個人……不怕？

他們指的當然是「墓仔埔」。信也好，不信也罷，我搖搖頭：不怕。我從小就習慣了。

一直懷疑我真的會趕回台灣，值班留守分裝廠的幾位老員工，終於鬆了一口氣。不僅是因為我回來看守分裝廠，也是因為有人發年終獎金了。

「我們到底有沒有錢發年終獎金？」我很直白的問會計。

打電話叫瓦斯都是現金交易。每家瓦斯行的售價大同小異，中油賣給分裝廠的價格也不是秘密，二〇二三年一月的公告價每家分裝廠應該都一樣。

他們告訴我，我們分裝廠的價格是全羅東最低。爸爸為什麼把價格訂得這麼低，我無從得知。但這是我現在要面對的事實：工廠幾乎毫無利潤可言。

「嗯，現金是有啦，」會計小姐說：「但是有沒有賺錢不知道。」

這也不能怪她。因為爸爸從來都是自己收帳算帳，不假手他人。

瓦斯行來分裝廠灌氣，理論上也應該付現金。但是事實並非如此，尤其是爸爸先是病了……走了，很多客戶積欠現款項，員工們既沒有能力催繳，也不敢不繼續供氣。如此這般，幾個月下來，已經累積了數百萬的呆帳。

二〇二三年春節前夕，烏克蘭戰爭爆發已經接近一年，全世界的天然氣價格水漲船高，要說賣瓦斯不賺錢甚至賠錢，實在是天方夜譚。

偏偏天方夜譚就發生在眼前：我們家絕對是全世界，唯一不賺錢的瓦斯分裝廠。

我不確定我有錢發年終獎金，更不知道爸爸以前是給多少年終獎金。

「老闆都給兩個月喔。」跟了爸爸最久的員工小康這麼說。

「至少發一個半月，」另一位工人阿寬這麼說：「不過大姐妳可以給更多啊。」

怎麼能怪他們各自表述呢？誰叫我自己搞不清楚狀況。也罷。即使工廠的帳，亂七八糟，年還是要過的。過完年再說吧。

我請他們體諒工廠目前的困難。我給了每個人一個月的年終獎金。領了年終獎金，他們可以安心下班回家吃年夜飯了。

我把原來工廠裡拴著的兩隻狗，也放了。過年嘛，我不想拴住牠們。餵飽了，解開鎖，小黃和老黑頭也不回的跑了。

唯一沒有立刻離開的，是阿榮。他來分裝廠工作還不到一年，會計小姐告訴我，不需要給他年終獎金。

我有權不給他年終獎金，但是如果我選擇不給，實在不是因為他還不滿一年。而是因為他才剛來三個月，工廠就收到宜蘭法院的判決書，要求每個月必須扣繳他的薪水，來歸還他到職之前所積欠的債務。但是執行扣款讓他原本的薪水少了幾千塊錢，他根本入不敷出，每個月都要求預先支薪。喔，不是每個月，他每個禮拜都要借錢。

阿榮一共積欠了將近八萬元的債款。八萬元不算多，但是阿榮的底薪只有兩萬七啊。

冬天是瓦斯工廠最忙的時候，我們需要人手，沒法立刻重新招聘，只能沿用阿榮。但是他天天向會計借錢，搞得會計小姐煩不勝煩，三不五時就打給還趕不回台灣的我：大姐，阿榮要預支五千元……為了不影響工廠運作和其他員工，我決定先全數替阿榮還清欠款，希望他好好專心工作。

沒想到阿榮，這一刻竟然理直氣壯地問我：「為什麼我沒有年終獎金？」

他的問題荒謬的好笑，但是我不能笑。

「你覺得我還應該給發你年終獎金？」

他嚼著檳榔，咧著一口沒了門牙的紅嘴：「我有很認真工作啊。」

我提醒他那八萬元是我付的。他搔搔頭：「對啦，謝謝大姐，我會還啦。」

每個月的薪水都不夠用，我問他準備怎麼還？

「啊就還啊。」

我嘆口氣：「這樣吧，你就住在附近，你過年這兩天來值班，白天算三千，夜裡算兩千，這樣可以抵掉一兩萬。剩下的只能每個月照扣。」

我不需要他來值班，只是替他想辦法還錢。這種加班費，我覺得自己簡直在做慈善。

「可是我要回家吃年夜飯。」他一臉驚訝，像一位被我逼著下海陪酒的良家婦女。

「隨便你。」感覺上像是我欠他錢。

坦白說，我寧可一個人，也不想和這個人一起在除夕夜留守工廠。

阿榮不置可否的離開了。還有幾家瓦斯行陸陸續續回分裝廠補貨，一直忙著送到晚上，換好一整車灌滿的瓦斯桶，希望可以撐到初三。

晚上八點，我拉上鐵門。不知道兩隻老狗會不會回來。

沒有了白天裡來分秒不停的馬達聲，川流不息進進出出的貨車聲，還有搬動時瓦斯桶碰撞的金屬迴聲，整個工廠頓時安靜下來。只剩下偶爾傳來的狗吠聲，和一陣陣零星的蛙鳴。

我關掉室外的大燈，一下子伸手不見五指。遠處的山脊溶入黑夜，陰雨的除夕夜空看不見星星。

我反鎖上辦公室的門，泡上熱茶，沒有魚肉大餐，只有零食小吃。這是一個簡陋的辦公室，一張辦公桌，兩張老舊的沙發椅，一個小茶几，和拉上折疊屏風後面的一張床。我坐在爸爸的辦公桌前，看著這個既熟悉又陌生的房間。景物依舊，人事已非。

這一刻，大部分的人都在忙著圍爐，熱熱鬧鬧吃團圓飯。但是這些年，爸爸都是一個人在羅東過年。他一個人的時候，會期待我打電話來嗎？

我把手機關成靜音。

這何嘗不是一種隔離？不同的是，這是一個我自己選擇的隔離。新冠疫情這兩三年，為了回台灣看父母，我在比利時—上海—台北之間來來去去，前前後後一共被隔離了七個月。這兩三天實在是不足為道。而且不用量體溫，不用做核酸，不必快篩。

沒有了疫情的隔離，是一個安靜的歸零。

是句點，也是起點。

忙完了爸爸的後事。接手爸爸留下的，沒有交代的事。

我拉上屏風，打開睡袋和我的背包，驀地有種在某個山區營地裡搭棚過夜的感覺：只是我還搞不清山有多高，路有多難，就已經揹著登山背包上山了。走一步算一步吧。

就像山裡一樣，即使隔著睡袋，也能感覺到羅東冬夜裡的陰冷潮溼。沒有關係。我有登山者沒有的暖氣，還有熱水。這裡別的沒有，就是不缺瓦斯。

除夕的雨，像一道水濂，滴滴答答把我包圍起來，讓黑夜變得生動立體。沒有人聲鞭炮，也算是另一種熱鬧。

關了燈，脫掉外套，鑽進睡袋，感受著體溫和寒氣的尖銳衝撞。只能靜靜等著我的身體融化掉周圍的溼冷。這張床離牆只有一公尺，牆外就是工廠的外圍欄杆，和沿著欄杆，一條窄的無法同時錯車的小路。

小路的另一邊，就是白天也看不見盡頭的，各個姓氏的「祖宗佳城」。躺在床上睡袋裡的我，和這些安靜的鄰居，不過就是咫尺之遙。他們過年既不搓麻將，也不放鞭炮。我們互不打擾。

想了半天，終於想出我和他們最大的差別：我需要瓦斯，他們不需要。沒有人會偷我的瓦斯。我於是安心的睡去。

大年初一

大年初一。我是被狗叫聲吵醒的。

睜開眼睛，環顧四週，喔，我在羅東。

我揉著眼睛從暖呼呼的睡袋裡爬出來，怎麼回事？這才清晨六點，工廠的鐵門還沒拉開，昨天撒腿就跑不見蹤影的老黑和小黃，這會兒就在鐵門外，對著偶爾路過的車輛大呼小叫。

任、何、車、輛！

不願被拴著，但是也甩不掉看家的執念。

這不就是我嗎？

我披上外套，按下開關，鐵門就像手風琴的風箱一樣徐徐收起。兩隻狗有些遲疑，但是還是進來了。圍著我又蹦又叫的，是啊，新年快樂！

平常總是有來來往往的貨車，把牠們拴起來也是為了安全，我拉起衣領，繞著工廠走了一圈。工廠有四百多坪吧，三邊都已經是蓋到跟前的「佳城」鄰居，幾乎是那種如果炒菜時缺鹽缺油，打開窗戶伸手可及的急借距離。只剩下一邊還是水田。

灰濛濛的陰天。柏油地，水泥台，台上成排成列灰色的瓦斯桶，油漆剝落的廠房，昨天貼的紅春聯鮮豔的簡直有些突兀。不過它們很快就會被雨水敲打褪色的。

不是雨水，時間才是所有顏色的漂白劑。所有悲傷愁苦的止痛藥。任你紅男綠女，任你烈焰青春，都會被歲月的長河沖洗成一張張泛黃的黑白照片。

而這個自從我有記憶以來，就已經是灰撲撲的老廠，被時間磨褪的不是顏色，而是像修圖一樣，一個一個地抹去了照片上的人：爸爸，媽媽，弟弟，妹妹……

修什麼圖呢？我們根本從來沒有在這裡照過全家福。

我不肯放手這段沒有照片佐證的記憶，就像我決定守著這個工廠一樣。這是一個救生圈？還是一個只會讓我越沉越深的石頭？

由遠漸近的車聲讓我回到現實，小卡車停在鐵門前，沒有熄火。我看看錶，還不到八點啊。

我打著呵欠按下電鈕打開鐵門，是一家羅東車站附近的瓦斯行，小卡車上裝滿了空桶。

「恭喜發財！這麼早！」老闆阿達親自來補貨。他是我大年初一開門大吉的第一個客戶。

「恭喜發財！」阿達把車開到台邊，熄了火：「我和爸媽一起住，過年不過年，老人家都很早起。」

「你昨天忙到很晚啊！」沒有了平日的吵雜，我可以用正常聲量講話：「這樣都沒有休息。」

「過年就是這樣。」阿達開始把車上的空桶滾回台上：「沒關係，今天叫瓦斯的不多，下午可以休息。」

他說明天要陪太太回娘家，所以今天先來補桶：「大姐真的是一個人在這裡？」

我說阿榮可能會來幫忙，但是到現在還沒出現。

「他不來也沒關係，我們都灌了很多，自己換桶就好。」阿達安慰我。

他邊滾邊聊，我不會滾桶，也幫不上忙。阿達的瓦斯行是我的大客戶，他和另一個親戚一起送瓦斯，就是送五樓也不加錢。練就了一身精瘦，如果換一套衣服，就是個不折不扣的型男。

我問他這半年工廠「無為而治」的狀況，告訴他我會慢慢學著接手。

「我們都在這裡十幾年了，妳只要不賣掉，我們也不會走。」他不是多話的人。我們也不算熟。

我和誰都不熟。要不是貨車上印著瓦斯行名號，我根本連瓦斯行的名字都叫不出來。

袖手旁觀看著他忙著滾桶，有些尷尬。天上開始飄雨，讓我剛好有個理由回到辦公室躲雨。

兩隻狗也乖乖地跟著趴在門口。

阿達只換了幾個桶，沒有馬上離開，他過來敲我的門。

「有事嗎？」

他進屋，看了看這個辦公室，眼光停留在爸爸的照片上，點點頭。

「老闆一直很照顧我。」他摘下鴨舌帽，在手中揉搓著：「我還欠他一筆錢。」

「很多人都欠他錢……」我不知道怎麼接話。

「我說的不是灌瓦斯的氣款。」

嗄？那是什麼？

「幾年前我女兒出車禍，繳不出氣款，老闆不但讓我欠，還另外借了我一筆錢。」

啊，爸爸……

「他說慢慢還瓦斯款就好，剩下的不用還。」我心裡一下子熱起來。

阿達解釋說他從一年多前，開始每個月還一萬五千元，匯到爸爸的私人帳戶，但是現在帳戶被關閉了，他不知道要把錢匯到哪裡。

「老闆自己也很辛苦。」阿達是少數幾個沒有積欠的瓦斯行：「我現在有能力還，當然要還。」

他不說，沒有人會知道。

「謝謝你告訴我。」

我給了他妹妹的帳號。爸爸生前最疼的就是妹妹。我也沒問這筆錢的數字，也不知道他還要還多少。

他開著卡車走了，我這才發現車上根本沒幾個桶。

他不是為了換桶來的。

這筆我不知道數字的錢，彷彿是一個熱騰騰的紅包。驀然在這個灰色陰暗的春節裡，刷出了一道鮮豔。

就像記憶裡，北宜公路幽暗孤獨的山路上，那些漫天飛舞的金紙。

值班

嘟嘟嘟嘟一陣摩托車聲，劃破了滴滴答答的雨聲。

接著是狗吠。摩托車熄火。

「大姐早！恭喜發財！」

是阿榮。我看看牆上的時鐘：八點半。他咧著嘴，紅撲撲嚼著檳榔：「啊，除夕睡得比較晚嘛！」笑嘻嘻的說：「遲到一點沒關係啦，反正沒有瓦斯行會來。」

我本來想說……你知道早上已經有人來補瓦斯桶了嗎，你知道應該七點半就開鐵門嗎……又想起小時候父母唯一的春節要求：要說吉祥話。

「新年快樂！」我的表情顯然言不由衷：「謝謝你來值班。」

「大姐吃早餐了嗎？」他齜牙咧嘴地舉起手裡的塑膠袋：「今天過年只有這個！超好吃！」

一股甜膩的油炸香味。

他手裡捧著熱呼呼的炸物，臉上也是熱呼呼的笑容：「我媽自己做的！」他看起來真的很開心，遞上一塊插著竹籤金黃色的炸麵糰要和我分享：「嚐嚐看！」

「謝謝！」我伸手接下，想起小時候媽媽說初一早上只能吃長年菜：「等一下吃。」

「要趁熱吃才好吃。」

我點點頭。被一塊炸麵糰打敗。

他走出我的辦公室，逗了一下趴在門口的老黑，終於離開我的視線。

然後他哼著歌到隔壁的員工休息室去。

唉，我給自己找什麼麻煩呢？為什麼要他來值班呢？……剛才讀到哪裡了？我重新打開手裡的書，郭強生寫的《甜蜜與卑微》，找回被阿榮打斷的那一頁。

隔壁傳來一陣手機鈴聲。

「恭喜恭喜！」阿榮開始熱情地報告：「對呀！我就是來這裡休息，還有錢拿！」我看不見他的表情，當然也不知道他聊天的對方是誰，但是為什麼辦公室的牆隔音這麼差啊啊啊！

而且我得繼續聽下去！因為他一通接一通，完全沒有冷場，不知道是他主動告知親朋好友，還是真的有那麼多人關心他……只能說他完全顛覆了我以為男生不愛聊天的三觀。

對不起，郭強生。我嘆口氣，闔上書。就連他的書名都像在嘲笑我：我很卑微。阿榮很甜蜜……

就像他硬塞給我的甜麵糰一樣，又油又膩。而且還是甜的。

我必須承認，從不知道他的第幾通電話開始，我從沒法專心閱讀，挫折地闔上書本，滿心厭煩……

一直到……發現自己居然開始隔牆聆聽他的對話，然後聚焦在他每一通電話，不同的版本：

「反正我過年也沒有要去哪裡！」

「還不如來工廠值班，躺著就領錢！」

「啊就我們老闆娘什麼都不懂，需要有人幫忙啊！」

「有我在老闆娘卡也安啦！」

我看著桌上那塊冷掉了卻還是甜膩撲鼻的炸麵糰。打敗我的不是炸麵糰，我向阿榮認輸。

心服口服。

我不需要看直播，也不需要清楚地聽到他的每一句話，就完全可以想像他咧著嘴巴，口沫橫飛越說越興高采烈的表情。不是有人說「謊話說一千遍就是真理」嗎？阿榮不需要說謊，我發誓他絕對相信他說的都是真的。

來值班明明是欠債還錢，卻被他美妝成人生的輝煌時刻。

與其說是他自我感覺良好，不如說這是一個角度問題。從他的角度來看，的確如此：他反正閒著也是閒著，過年瓦斯行也要休息，工廠的確門可羅雀，重點是我的確什麼都不懂，而且還加倍付他錢。

這個劇本太完美了！我忍不住笑出來。阿榮完勝！

我甚至開始羨慕他。

欠錢有什麼大不了！過年臨時被要求值班又怎麼樣！只要老子我開心就行！

我可以長篇大論分析他死不認帳的 Alternative reality。但是為什麼我莫名其妙的，打心底裡羨慕他的「正向思考」？

船到橋頭自然直的海海人生。把消極的逆來順受，唉聲嘆氣，翻轉成積極的自我肯定，笑傲江湖。

管他是華麗轉身，還是俗豔瞎掰，都令我嘖嘖稱奇，甘拜下風。

好吧。他都能既來之則安之，我又何必糾結於被他打擾呢？

突然一陣隆隆的車聲引來一連串的狗吠，夾雜著瓦斯桶互相碰撞的金屬回聲，一輛小貨卡開過我的門前。又有人來補貨了。

「恭喜發財！」我走出門迎上前去，看著貨卡上的瓦斯行名號，心裡暗想要一家一家記住老闆的面孔和姓名。

「大姐真的來這裡過年喔！」顯然對方比較吃驚。

我有一種莫名其妙被肯定的……怎麼說呢？那種說到做到的滿足。

然後阿榮當然也出現了，他拿下嘴裡的菸，站在廠房的屋簷下對著工作台喊：「恭喜恭喜！」然後笑咪咪的看著我。工作台上嚴禁煙火，不能抽菸，所以他們工作的時候嚼檳榔，下了灌氣台，在員工休息室裡當然就抽起菸來了。

除了賀年的客套寒暄，我們實在無話可說。煤氣行老闆自己開始把車上的空桶，滾回工作台上，換取已經灌好的瓦斯桶。

我看看阿榮，他繼續笑瞇瞇的吞雲吐霧，隔著雨遠遠看著台上的客戶，毫無任何違和感。

我清清喉嚨：「你是來值班的。」被迫吸了一口二手菸：「你應該上去幫幫忙！」

他轉頭看著我，「他們不用灌氣啊，只要補桶就好喔！」聲音裡說不出是驚訝還是無奈。

我再清清喉嚨，又吸了一口二手菸：「你在這裡抽菸看著客戶自己搬桶，人家會是什麼感覺？」

他深深抽了一口菸，沒再說話，把菸熄了。就小跑步上了工作台。

輪到我嘆口氣。現實的劇本裡，我必須記得自己不是他的觀眾，是他的老闆。

他們在台上嘰嘰嘎嘎的聊了起來。我很好奇阿榮要怎麼向客戶自圓其說。

他們很快就結束了，小貨卡調了頭就離開了，老闆還搖下車窗向我揮手。

阿榮也下了工作台向休息室跑來，我趕快轉身回房，不想和他有什麼交談。隨他去吧。我沒有無聊到要昭告天下他欠我錢。

沒想到他還真的敲門，然後就直接進來。

「大姐你看！」他興奮地揚起手說：「他還給我一個開工紅包！」

真是驚奇不斷啊！

我也忍不住微笑：「你看，主動去幫忙就有紅包！」

不用說，接下來出現的每個上門補桶的瓦斯行，都迎來了阿榮的熱心幫忙。

我不用聽，也可以想像他之後的手機聊天，如何得意的加油添醋，不斷更新的劇情發展。

然後隔壁的電話聊天忽然斷了，他直接出現在我面前：「大姐，我要去買便當！」

我看看鐘，才十一點！他毫不在乎我的質疑：「妳要不要我幫妳一起買？」我很怕他看到桌上那塊我還沒吃的炸麵糰，於是心虛的打發他：「不用不用，謝謝！」

他就吹著口哨走了。

被他吵了一上午，總算清靜下來。其實我有點懊悔。我原來想請他買兩根雞腿，給狗狗加菜，算是過年。也罷，晚一點我自己去買吧。說穿了是我不想讓我的午餐，替他下午的聊天劇本加料。

我、根、本、不、想、出、現、在、他、的、聊、天、裡。

過了很久，都快十二點了，他才回來。工廠距離小鎮中心只有十分鐘的車程，只是今天大多餐廳都關門。我不知道他去哪裡買午餐。

他又推門進來：「只有便利商店開門。」然後遞上來兩顆茶葉蛋：「我知道大姐每次都只吃這個。」

我謝謝他。掏出零錢還他。

「不用啦。」他不肯收：「沒多少錢啦。」

輪到我傻眼。難怪他會到處欠錢。我開始詢問他怎麼花錢？為什麼會欠那麼多錢？……

他抓抓頭：「我也不知道耶。」一臉無辜：「就正常花啊。」

我很好奇他的「正常」是怎麼花法。他就一五一十的說，因為要吃飯啊，三餐每頓差不多是一百元。

「早餐也吃一百塊？」我有點懷疑。

「加一杯奶茶啊！」

原來如此。

「正常花」還包括每天一包菸要一百元。四包檳榔……要兩百元。

全部加起來一天就要六百元。一個月就是一萬八。薪水只剩下一萬元，還有車錢油錢房租水電手機和其他。難怪一天到晚都在預支薪水。法院的判決要求雇主扣他薪水，有權最高可扣三〇％。不扣都不夠用了，要怎麼扣？

我知道他有一個小孩，但是不在羅東。他需不需要養家？父母年紀多大？身體如何？……我真不敢多問，彷彿一問，他的問題就變成我的問題了。

「一包檳榔有幾顆？」我轉移話題，想要知道為什麼他需要吃那麼多檳榔？

一包十顆。他說因為台上忙起來的時候，必須要吃檳榔才能提神。

我的天，一天四十顆！去掉中午吃飯的時間，工作八小時，他平均一小時要吃五顆，我算給他聽：「等於你十二分鐘就吃一顆！」

他也嚇一跳。

「我沒吃那麼多啦。」他真的一臉困惑。然後搔搔腦袋，有些不好意思：「因為我有請大家吃。」

就像他替我買的茶葉蛋。

那菸呢？一天一包也很多呀。

「下了班晚上時間很長啊。」

我不知道該說什麼。我其實無權過問他怎麼花錢。但是我可以看到他的問題，最終還會變成是我的問題。

我只能提醒他每天的菸和檳榔，相當於他的飯錢。

「真的耶。」他搔搔頭。

「你就從少買兩包檳榔開始吧。而且不要再請大家抽菸吃檳榔。」

「大姐！」他眼睛一亮：「妳好像我媽喔。」

我、一、點、都、不、想、當、他、媽。

我是他老闆。

他拿了我堅持給他的茶葉蛋錢，回到隔壁休息室。我以為又要開始下午場的手機聊天，沒想到鴉雀無聲。喔，這是他的午睡時間。

雨停了。

我走出辦公室，我自己也覺得好笑，平常忙的時候，我不好意思打擾大家，因為幫不上忙，只能等工廠空無一人才出來走走，看看油槽、消防設備和安全水池等，這些視覺上非常熟悉，但認識了一輩子卻還是無比陌生的設備，我不知道它們該怎麼保養維修？該多久檢查一次？有問題要找誰？比維持現狀還要更為重要的，不是賺錢，而是安全。

相較之下，阿榮的欠款真的只是件小事。

我需要一位廠長。這是我必須解決的當務之急。

想著走著，又聽到摩托車發動的聲音，回頭一看，還會有誰？

午睡後的阿榮騎上車朝著我開過來，但是他沒有熄火的意思：「大姐，我先回家吃飯。」

才下午四點啊！

「中午7-11的便當沒吃飽。」他還是笑咪咪的：「吃飽晚上才能值班呀！」完全是天大地大，吃飯最大的理直氣壯。

殊不知這一頓飯，一直吃到晚上七點過了，他才酒足飯飽的回到工廠。

我真的不想當他媽，但是實在不能不聞不問。早上遲到，晚上早退。掐頭去尾，就算四捨五入，加上午睡的時間，他今天值班根本不到五個小時。

「啊，我吃飽就……順便洗了一個澡。」他倒是實話實說。

「那你為什麼不乾脆去礁溪泡一下溫泉再回來值班？」我真的有些火了。「明天再這樣，我要扣錢，不能按照原先的說好的價錢給你。」

他立刻收起臉上的笑容：「明天不會。」他很認真：「因為天氣很冷，不用每天洗澡。」

這是我自己花錢買的對白，不是嗎？

我決定自己開車出去逛逛，給兩隻狗買點吃的，即使鎮上只有便利商店，我也需要看看其他的人類。

謝天謝地，晚上我們沒有其他的對談，我鎖上房間的門，戴上耳機，在音樂和其他人類的聲音裡，結束這個雞兔同籠的大年初一。

和平

大年初二。

我很早就醒了。一打開房門，兩隻趴睡在門前的狗立刻送上熱情的問候。我有些愧疚，他們的世界裡沒有日曆，也沒有算計，他們不知道明天就是初三，一旦工廠開工，為了行車安全，就必須把牠們栓起來了。

瞄了一眼，隔壁房間還是門窗緊閉。

算了，我決定今天當老闆，等著看看值班的阿榮，會不會準時拉開鐵門。

「大姐早！」阿榮突然也從隔壁房間冒出來，嚇了我一跳！

我把就要脫口而出的「起這麼早！」硬生生的憋回去，波瀾不驚淡定回應：

「早。」

「我要去買早餐，大姐想吃什麼？」他咧著缺了兩顆門牙的嘴，笑咪咪的樣子，其實挺有喜感的。

「謝謝，我喝咖啡就好。」

「拿鐵？美式？」

「不用，我自己泡。」

他碰了一鼻子灰，搔搔頭，邊打哈欠邊去騎摩托車。

我莫名所以地有些抱歉，大過年的，何必這麼掃興？人家也是好意啊。為什麼我不能像他一樣，隨遇而安呢？

這就是他們的生活方式，這就是他們的語言，是我決定走進他們的世界，我有什麼好抱怨的？

這不就是我的功課嗎？我是回來賣瓦斯的，不是來喝手沖拉花咖啡的。

Let it be。

阿榮很快就買完早餐回來，準時拉開鐵門。我還來不及慶幸他的工作態度有所進步，他就來找我了。

「大姐，我是想說……」他今天倒是沒吃檳榔：「妳可不可以下個月先不要扣薪水？」

荷花荷花幾月開？一月不開二月開，二月不開三月開……從我收到法院扣他薪水的判決到現在，已經半年了。總是要開始執行的。但是我們的談話很快就被打斷，瓦斯行的小貨卡陸續出現，初二大家都要回娘家，免不了要吃吃喝喝，不能沒有瓦斯。我也趁機一一向每個客戶拜年，聊聊過年生意的情況。

「這陣ㄟ生理按怎樣？」

工作台上頓時卡住：正在滾桶的瓦斯行老闆，和阿榮，都停下來看著我。我有些不好意思，好久沒講台語了，鼓起勇氣講了一句。

「今年過年比去年冷，生意不錯！」瓦斯行老闆是用國語回答我的。

「大姐，妳講台語好好笑喔！」阿榮笑得合不攏嘴。

「有這麼好笑嗎？」

「對呀！」阿榮不知禮貌為何物。

「嘸啦！」人家老闆倒是替我圓場：「聽得懂就好啦！」

我只好自己找台階下：「我太久沒講台語了，想要練習一下。」

「可是我們不想聽欸！」阿榮笑嘻嘻地搖搖頭。

「妳講國語我們也聽得懂啦。」瓦斯行老闆笑著說。然後如釋重負地逃離現場，開車走了。

我我我台語聊不下去了。

我也不知道為什麼在羅東想說台語。可能是因為除了我之外，大家都說台語吧。台語是我母親的語言，但是不能算是我的母語。我從小在眷村長大，眷村裡每家都講著不同口音的國語，在我還不知道重慶南京北平在哪裡的年紀，就已經對四川江蘇和北京腔的普通話，耳熟能詳。爸爸講的國語也和其他家不一樣，他是徐州人。最像國語的「標準國語」其實是媽媽——一個嫁到外省眷村的本省媳婦——她講的國語和學校老師講的一樣。而且當時在學校裡講台灣話，是要罰錢的！

眷村的小孩都講國語，但是沒有父執輩的大陸鄉音。我常被派去參加國語演講比賽：因為我也沒有電視廣告裡的台灣腔。

不過電視上偶爾出現的蔣公訓話，是需要字幕的！小時候我覺得他簡直是個外國人，因為沒人聽得懂他的奉化口音！我記不住任何一句他說過的句子，因為完全聽不懂！唯一印象深刻的，是他的遺囑：「自余束髮以來，即追隨總理革命……」

遺囑當然不是他自己唸的。所以就聽懂了。

小時候唯一需要講台灣話的時候，是外公外婆還在世的時候，初二陪媽媽回高雄娘家。那應該是在爸爸盤下羅東的分裝廠之前，他還只是個南北兩頭跑的卡車司機，大年初一晚上我們全家擠上他的大卡車，搖搖搖的不是外婆橋，是還沒有南北高速公路的省道，要開上整整一夜，天亮了，高雄就到了！幾乎就像坐長程飛機出國一樣，因為對於我們這些眷村的國語小孩來說，高雄也是國外！標準國語根本沒用！

高雄的外公外婆，講的是夾雜著日語的台灣話。媽媽是用「歐豆桑、歐卡桑」稱呼她的父母，外公外婆和她的兄弟姐妹，也全都用媽媽的日文名字喊她。到了高雄，連媽媽都成了外國人！

所以整個過年，我們看的是歌仔戲，講的聽的都是台灣話，加上我還不知道是日文的日文，這不就像現在出國寄讀在外國家庭的留學生一樣嗎？我的台語能不進步嗎？幾天下來，我已經可以唱歌仔戲逗阿公阿嬤開心，也能嘰嘰嘎嘎和我的表姐妹們吃喝玩樂，基本上都講得通啊！而且從來沒人嫌棄我的腔調，大家都笑呵呵的覺得我這個台北小孩，台語講得不錯嘛！

我喜歡高雄，我喜歡講台語，因為那是小時候熱鬧快樂的記憶。學起來毫不費力。

外公外婆相繼過世，爸爸開始經營羅東工廠，我們再也沒有回高雄過年，我的台灣話失去了繼續「出國」深造的機會，就此一落千丈。

所以嚴格講起來，我認真學習的第二個語言，不是台語，是英文。

高二的時候，被選上代表北一女參加全台北市的英語即席演講比賽。想起來真是有些不可思議。因為當時北一女有許多外交官回國之後，保送入學的子女，她們的英文程度，那還用說！和我真的不是同一個維度的。我就是一個沒出過國（最遠只去過高雄！）的眷村小孩，怎麼會輪得到我我我去代表北一女？

但是我也的確是打敗了同屆其他二十幾個班級的代表，贏得了代表北一女出征的資格。我還記得那一年演說比賽的題目是：「A Surprise」，好像只有十五分鐘的時間準備。我真的拿下了台北市的冠軍。我當時沒有什麼太開心的感覺，遠遠不及我唱著怪腔怪調的台語歌仔戲，把阿公阿嬤逗得哈哈大笑的快樂：只是鬆了一口氣，因為北一女的綠襯衫讓我沒有拿第二名的退路。

現在想想，也許是因為我的英文是一種不接地氣，沒有任何歸屬的口音，一種「空中英語教室」的教科書英語：八成擔任評審的英語老師們，大半也都是聽「空中英語教室」的前輩，無感於那些真正從國外回台的 native speaker，我才得獎的。

大學唸了外文系，但是書本裡莎士比亞和福克納，是沒有口音的。一直要等我出國唸書，到了歐洲，才知道英國腔和美國口音，根本就是兩種語言！

我沒去紐約，也沒去倫敦，我選擇了學費最便宜的巴黎：不需要學費，只需要保險，這是一個我的父母可以負擔的選擇。問題是我還不會說法文。我在大學修的法文學分，只能讓我通過歐考筆試，拿到去歐洲唸書的簽證。但是完全沒有任何生活和交談的能力，更別說是上台報告和寫論文了。

所以最貴的學費是花在學法文上的。我和所有到了巴黎想學法文的外國人一樣，去巴黎大學的法語班報名上課。學費是論週算的！我像是劉姥姥進大觀園一樣，嘖嘖稱奇地坐在拉丁區索本大學美麗古老的教室裡，法文課本裡教的是咖啡紅酒，麵包甜點。我看看周圍和我一起上課的同學：美國人、日本人、德國人……我赫然懂了：他們是肯花錢的文化觀光客，不是來唸書的！

我只上了一個月的法文班。

然後我直接跑去巴黎第十三大學登記入學。和拉丁區的第一大學是同一條地鐵，只有十幾站的距離，但是簡直是天壤之別。這裡沒有夏天到巴黎吃喝玩樂的觀光客，只有打零工賺錢唸書的法國大學生，校舍破破爛爛髒兮兮的，每座牆上都是亂七八糟的 Tag，像是隨時都在抗議罷課似的。吃飯就在廉價的大學餐廳，只要一法郎的鐵盤午餐，根本用不上拉丁區法文課裡教授的，優雅繁複的美食字彙。我的同學喝的不是露天的左岸咖啡，大家都是站著喝只要幾分錢的機器黑咖啡。

重點是，我選了戲劇系。

書本上唸的是我沒讀過的莫里哀——法文的莎士比亞。但是我真正所為而來的是：戲劇系每週十小時的表演課。每天兩小時。

聽不懂人家的台詞，讀不懂手中的莫里哀（那是十七世紀的法文！），也得硬著頭皮上台表演的戲劇課。

我真是瘋了！

我的同學都是想要在戲劇領域發展的法國年輕人。他們上不起著名昂貴的私人表演班，只能來上大學的戲劇系。他們當然不是觀光客：1大多是賞心悅目的俊男美女，2也有專攻幕後和劇本寫作的嚴肅文青。

當然只有我一個外國人。而且還是來自他們聽都沒聽過的台灣。

他們對我充滿好奇，我沒有任何肉眼可見的外在條件，也沒有任何往幕後發展的野心。不過對於他們的問題，我的答案非常簡單：一個微笑。

因為我還不會說法文。

更說不出口：我只是想來這裡學法文。

他們很快就習慣了我的存在。起碼我很安靜，上課從不舉手發問，浪費大家時間。老師大多安排給我一些沒有台詞的角色：無論在任何語言任何劇本任何舞台上，都需要這樣的角色。我也都能勝任。更何況我從不缺席，所以常常有臨時被徵召上台，填補其他同學空缺的機會。

在戲劇課上，我即使再笨，多少也見識到了一句台詞，豐富多樣的聲音表情。文字與表演之間的距離。這與法文無關，這是每個語言都存在的。我的法文不夠標準，但是我的聲音表情可以勉強過關。

除了自己唸書背單字，我認真聽廣播看新聞讀報紙，週末就去最便宜的三輪電影院，看那些經典老電影。晚上有機會還當 baby sitter 幫人家看小孩。法國父母社交應酬很多，他們不在乎我的法文程度，只要會照顧小孩就好。小孩嘛從不嫌我笨，他們總是既熱心又著急地糾正我的發音，一而再再而三，一次兩次五次十次，絕不放棄，毫不厭煩。偶爾也會要我教他們一兩句中文作為交換。他們是最好的老師。

秋天過去了，冬天過去了。春天來了。復活節過了。我的法文慢慢醒了。

我不記得具體是哪一天——其實這是一個值得紀念的日子——我平常去幼稚園接他下課的小男孩，夏天之後就要上小學了。他的媽媽是位皮膚科醫生，有一天，她忽然說：「從今天開始，妳每天接他回家之後，給他聽寫幾個簡單的單字。」

聽、寫！

我的法文已經夠標準到，可以給一個法國小孩聽寫！

值得開一瓶香檳慶祝！

接著我去做了一件更大膽的事：我跑去報考巴黎著名的政治學院，簡稱Science Po（Institut des Etudes Politiques de Paris），這個大名鼎鼎的學校，是法國政府文官的搖籃，法國第五共和從席哈克以來的每位總統，都是這個學校畢業的。

其實我不過只是想證明一下自己的法文程度。一九八九年，我是五百名應考的外國學生裡，被錄取的三十三人之一。在我之前，沒有考進Science Po的台灣人。這個學校當時只有三個科系：公共行政、經濟金融、歐洲研究&國際關係。

我選的是第三科。

在Science Po，我看到法國人怎麼培養他們的政經菁英，我見識到了能言善道的法國人如何捍衛自己的觀點，我領教了任何一門科目，不論是政治、歷史、哲學、經濟甚至金融，考試時間都是一律長達四小時的申論題。他們要的不是一個填空題的答案，不是年代人名，不是數據符號，而是一個全方位完整的辯證論述：對問題的了解，對事實的掌握，對認同觀點的鋪陳，對反對論述的批評；最後如何融會貫通作出自己的結論。

沒有標準答案。只有論述周延縝密與否的高下。

我唸的很辛苦，但是收穫豐富。兩年之後迎來我的畢業口試，這是Science Po最著名的Grand Oral，比例佔總成績的三〇%；抽題之後有一個小時的準備時間，然後是十分鐘的報告。之後要面對五位老師的提問。這被認為是定奪能不能從Science Po畢業的背水一戰；從這裡出去的學生，必須能夠言之有物，頭頭是道。

我還記得我抽到的題目是：「何謂『大國』？」

大家最在乎最緊張的，無疑是重中之重的口試成績。法國人的滿分是二十分。Science Po 一般給分也不高，我的成績通常都在八～十一分之間。只有一次期中考，我拿過十四分。但是從來沒有考過口試。

同學之間互通有無之後，才知道我拿下了國關組最高的口試分數：他們給了我十二分。跌破了所有人的眼鏡。這該是我這輩子最得意的考試成績。

好漢不提當年勇。再回到二〇二三年的羅東。

我不是故意要秀自己的語言肌肉。我想不通的是：我的英法文都是花時間學來的，我現在想好好學講台語，我不覺得我做不到，但是為什麼要被笑？

更可笑的還不是我的台語，是我完全派不上用場的學歷。連個報廢了的瓦斯桶都不如！瓦斯廢桶還能當破銅爛鐵論斤賣幾個錢，我的外語，我的文憑，我對世界的理解，非但是英雄無用武之地，而且還是我丟不掉的包袱，最多只能用來衡量我和他們之間，無法跨越的距離。

我可以洋洋灑灑地用法文分析，全世界在二〇二三年這個節點上，居高不下的天然氣價格，卻沒法在這一刻，和站在我面前的羅東瓦斯行老闆，用台語閒聊他們最近的生意情況。

我的台語，真的是零分嗎？

我當年初到巴黎的法文程度，遠不如我現在的台語程度，但是沒有任何法國人嘲笑過我。最冷酷的經驗，不過是對方充滿同情，等我結束一個磕磕巴巴的句子，然後極其有禮地看看錶：啊，另有急事之類的抱歉……就此終結與我的法文對話，落荒而逃。

然而這一刻打敗我的不是台語，是阿榮說的：「可是我們不想聽欸！」

我想念阿公阿嬤教我講台語的溫暖包容，我想念小時候講台語的輕鬆熱鬧。

我怎麼能怪阿榮呢？也許他小時候，在學校講台語是要被罰錢的。

我也佩服他的直白：不是因為妳是老闆，我就得忍受妳破爛不堪的台語。

反正我的台語老師不會是他。雖然我有心，他有時間。

我忽然想起了當年在巴黎矯正我法語發音的那個小男孩。我聽說阿榮也有個兒子。

「你兒子多大了？」

他眼睛一下子亮起來：「十二歲了！今年暑假就要唸國中了！」

啊，這麼大了，阿榮看來不過三十出頭。

「也在羅東嗎？」我忍不住問。

「沒有，他住台中，和外婆。」

「過年有沒有來羅東？」

「沒有。」阿榮接著說：「等到輪我休假再去看他。」

國語也聊不下去了。我忽然覺得過年讓他來值班，有些抱歉。

我不知道他有個那麼大的孩子。也不知道是不是因為他過年要值班，所以孩子沒來羅東。

我只知道他入不敷出，和法院判決必須扣他薪水的強制性。

有瓦斯行來灌氣了。輪到我鬆了一口氣，結束了我們的談話。

希望今天他還有幾個開工紅包可以拿吧。

還不到中午，我就主動去找他，請他幫我買兩顆地瓜當午餐，我遞給他一張五百元的鈔票：「過年值班，算我請客」。

「謝謝大姐！」他接過錢，半信半疑：「真的只要地瓜？」

我點點頭，本來想說：剩下的錢別去買檳榔了……

但是話到嘴邊卻變成：「兒子叫什麼名字？」

「他叫鄭和平！」阿榮一臉得意：「因為他是二二八生的！」

我也笑了：「真是好名字！」

既然他來值班了，我晚上想回台北陪媽媽吃飯：「你今天吃晚飯早點回來，等你回來我再離開。」

「大姐晚上還會回來嗎？」他問我。

我說會啊。其實我不準備夜裡開車回來，但是我不想讓他知道。

臨走前，我拿了一個放了兩千元的紅包給他，上面寫著：鄭和平新年快樂！

看得出來他很意外，但是笑咪咪的收下了：「謝謝大姐！」

他沒有年終獎金，但是孩子不能沒有壓歲錢。

開回台北的路上，我做了決定。二月份不扣他分毫薪水，我不想讓他連替孩子買生日禮物的錢都沒有。我更不希望在孩子的生日月，讓他丟了工作。

我再準備多留他一個月。除了過年值班抵銷的部分，不再向他追討一塊錢。

替他償還了所有的債務，他可以輕裝上陣另起爐灶，不會再給下一個雇主造成困擾。

年假結束了。初三開工，又要開始一個忙碌的瓦斯旺季。我也收起沉重的回憶輕裝上陣。

和過去和平相處；對未來和平以待。

我在羅東，守著寒冬，盼望春風。

六十萬（上）——情人節

我們講過幾次電話，都是我主動打給他。他說會來工廠找我，見面再談。

可是他從來沒有出現。

一次、兩次……好幾次。

我才剛接手工廠，根本不認得他。但是我必須要找到他。

因為他欠了工廠將近六十萬元。

我問員工怎麼回事，為什麼欠這麼多錢還繼續讓他灌氣？

他們三個人你看我我看你，沒人接話。

「不付錢，就不准再替他灌氣！」

「老闆娘……妳這樣我們很難做事啦。」阿寬支支吾吾的說。

「你們的薪水是我付？還是他付？」我有點不高興：「你們是聽他的，還是聽我的？」

他們三個人繼續你看我我看你，互相擠擠眼，我盯著阿峰，他著急地說：「老闆娘妳不要看我……」然後指著小康：「妳叫小康去說。」

我看著小康。

小康說：「老闆娘，妳還是自己去跟他說比較好。」

「好。從現在開始，誰再替他灌氣，灌多少，我就扣多少薪水。」

他們一致瞪大了眼睛，然後阿峰提出一個問題：「那如果是阿亮來替他灌，也不可以嗎？」

阿亮是替他打工的。灌氣、接電話、送瓦斯……好像是一天拿一千元的工錢。

「灌的是他的桶，桶上寫的是他的瓦斯行，誰來灌都一樣。」我一個字一個字的說。

「可是阿亮是我們的朋友耶。」阿寬不同意。

這是為朋友兩肋插刀的羅東版。

「好啊，」我忍住一肚子又氣又好笑的無奈：「那我扣你的薪水，你讓阿亮補給你。」

「可是這和阿亮沒關係啊。」阿寬一臉無辜。我們的員工會議到此結束。

唯一的結論是，我的員工很怕他。我得自己想辦法。

我開始四處收集有關他的消息。試著從其他客戶那裡打聽。

「他喔。」多半聽到他的名字，都會皺起眉頭。

「不熟餒。」然後搖搖頭：「不太清楚。」差不多都是同樣的反應。

也有一兩位老闆透露了一些他的近況：「總統大選前他都在中南部啦，當樁腳錢很多啦。」

也有人說他在泰國旅遊。或者是在中國大陸做生意。反正不在羅東。

不過大家都會反問我同一個問題：「他欠多少？」

沒有人告訴我該怎麼辦，但是大家都等著看我的好戲。

事實上，不讓他繼續來灌氣是一步險棋：他不見得會被逼得還錢，他大可以去別的分裝廠。即使分裝廠之間有一個默契：不收欠別家分裝廠錢的客戶。

但是這是爸爸還在世時的默契……輪到我身上，就被默默地拋棄了。

我再一次打給他。告訴他如果他不處理欠款，那麼就到此為止，不再讓他灌了。

「老闆娘，」他沒有解釋為什麼之前爽約沒有出現：「不是我不還錢，是你們的磅秤有問題。」

磅秤？從來沒有別家瓦斯行說我們的磅秤有問題。

「那是因為我的桶和他們不一樣，我做的都是餐廳，瓦斯桶的開關不一樣。」我不知道他是在忽悠我，還是真的有這麼回事。

他看我沒有馬上回答，又補了一句：「妳爸爸也知道啊，他說要處理，但是一直拖著，到現在都沒有下文。」

這叫做死無對證。但是我不能讓他拿爸爸來搪塞，我得弄清楚。

我找到為工廠安裝自動化灌氣設備的公司，負責人是一位黃先生。他同意來檢查磅秤。

他按時到了工廠，台上台下繞了幾圈，每個機器按鈕都摸摸看看好一陣，又回到辦公室電腦前連線測試：「全羅東每個分裝廠的自動化設備，都是我做的，沒有人的磅秤有問題啊。」他很不高興：「是哪一家這麼囉嗦？」

我報出那個人的瓦斯行，和他的名字。

輪到他張大了嘴，又馬上捂住嘴：「幹！」

然後湊上來，壓低聲音說：「他是黑道的。」

我倒抽一口氣。謎底揭曉，原來如此。

他嘆口氣，搖搖頭：「不好惹的。」然後忽然想起什麼：「他欠了多少？」

我說出了數字。他頭搖得更厲害：「妳準備怎麼辦？」

我想了想，問他：「你和他熟嗎？」

「還算認識吧。」

「那你幫我傳話給他，」我做了決定：「六十萬我不要了。你請他去別家灌。」

他看看我。沒有馬上答應：「妳想清楚了？」

我點點頭。

「好吧。我去跟他說。」他也點點頭：「這樣也好，不然他一直說妳的磅秤有問題，三不五時檢舉妳，讓消防隊一直來查，妳也會很頭痛。」

他拿出手機，一個人走遠了，去工廠外面的角落打電話。我回到辦公室等他的消息。

我心裡起起伏伏百味雜陳，不知道這是不是一個對的決定。既然惹不起，就花錢消災吧。

半個小時之後，黃先生進了我的辦公室，帶上門。坐下來。面色沉重。

「怎麼樣？」我問。

他搖搖頭：「他不肯。」

什麼？我以為我聽錯了：「意思是……他不還錢，然後還要繼續在這裡灌？」

黃先生慢慢地，點點頭：「看來他吃定妳了。」

果然是黑道。

我咬緊牙根，用盡全身的力氣壓住湧上來的淚水，我不能在他面前哭，我不能在任何人的面前示弱，不能在羅東……

留下我一個人在辦公室，午飯後，外面開始忙碌了，人聲車聲來來去去的熱鬧。

他嘆口氣，往外走，臨走前又回頭對我說了一次：「我的磅秤真的沒問題。」

「好，我知道了。」我站起來送他：「謝謝你。」

我關上門，反鎖。看著爸爸的遺照，眼淚撲簌簌的留下來。

爸爸如果還在，一定會說：「哭有什麼用？」

我想起員工的支支吾吾，還有那些老闆們的欲言又止。原來大家都知道，只有我不知道。

我不知道能找誰幫忙。

報警嗎？如果上面沒有人照應，他能這樣予取予求嗎？

可是我有別的選擇嗎？

我守在工廠，想了兩三天，還是決定去報警。

我一個人去了鄉鎮警察局。還沒到中午休息時間。我不知道要找誰，但是我不想找基層警員。我說我是墓仔埔裡的那個瓦斯分裝廠，有事要見派出所長。

可能因為我講的是國語，又是一個女生，看起來不像賣瓦斯的。他們不知道該怎麼處理，真的去請了派出所長。

我等了一會兒，所長出現了，我大概簡述了一下情況。

「這太過分了！」所長聽了很不以為然：「這簡直像是吃霸王餐一樣！」他問我有什麼訴求，我說我只想不讓他來工廠灌氣而已。

「就這樣？」我點點頭。

「那很簡單，」他拿出一張名片給我：「這上面有我的手機，下次他再來的時候，妳打給我。我們去工廠處理。」然後他指著周圍的同事，說：「如果我在開會，妳找他們也一樣。」

好。問題是我不知道他什麼時候會出現，我已經不准阿亮來替他灌氣了，時間還是過完年的二月冬天，瓦斯的旺季，他勢必遲早要出現。我不敢回台北，我要在工廠守著。

一天，兩天，三天……

他出現了。

這是我第一次看到他。年紀大概只有四十歲左右，平頭。穿著長袖深色帽T和運動褲，腳上穿著一雙球鞋。身上斜掛著一個背包。

他根本如入無人之境，自己到台上要灌氣。小康和阿寬跑來問我：「老闆娘，怎麼辦？」

「你們先上去看看情況，不過不要替他灌。」我把他們趕出辦公室。

我不想讓他們知道我要打電話報警。我聽見自己的心臟撲通撲通的簡直就要蹦出胸口，我的手緊張地發抖，差點撥錯號碼。

「喂，陳所長嗎？……」

謝天謝地，接電話的就是陳所長本人。

「妳要想辦法留住他，我們現在就出發。」

我不記得接下來的那段漫長的等待，是怎麼熬過去的……

然後就像電影裡的警匪片一樣：一輛警車咿嗡咿嗡地出現在工廠，從車上下來了三位警察，朝著我指的方向，他們齊步走向他的貨車，正在作業台上搬桶的他，這下子愣住了。

遠遠地我看到他在台上比手畫腳的爭辯。

好一會兒，所長招手叫我過去。

「他說妳的磅秤有問題。」所長看著我說。

「那就請他去別家灌。」我冷冷地回答。

「對呀，磅秤有問題你為什麼不去別家灌？」所長大聲問他。

「只要她把磅秤問題解決了，我就付錢。」他開始一連串自說自話的辯解……

「人家瓦斯不想賣你了啦，不用囉嗦。」所長轉過來問我：「妳要怎麼處理？如果妳告他現行犯，我們就把他直接帶走。」

輪到我傻眼了。

我完全沒有要警察把他押走的意思。

「妳確定？」陳所長又問了一次。

「只要他以後不要來灌氣就好了。」我不想把事情鬧大。

陳所長看看我，再看看他：「你以後不准再來了，聽到了沒有？」

他怒氣沖沖地瞪著我。然後把作業台上所有他的瓦斯桶，全都搬上貨車。我小聲的說：「那些飽桶裡的瓦斯，都沒有付錢，不能搬走。」

他停下動作，冷冷地看著我：「那些桶上面寫的是我的瓦斯行，妳有本事就走法律途徑。」

陳所長說：「你趕快搬桶走人！以後不准再來了！」

他搬完桶，一言不發地走了。陳所長也準備離開，還不忘一再交代我：「要明確張貼告示，禁止他來灌氣。這樣的話，他如果再來，就是現行犯了。」

他們全都走了。警匪片在一片混亂中結束了。只剩下我一個人。久久不能平息。我看著牆上掛著的日曆發呆……啊！今天竟然是二月十四日情人節！

我狠狠地撕掉那一頁日曆，這是我唯一的，既悲哀又可笑的發洩。

春分——玉尊宮

碰到問題，總是要找解決的辦法。

接手一個我對營運細節一竅不通的瓦斯分裝廠，我當然知道自己需要學習。從零開始。

我不知道我有哪些事情不知道。就像小時候開學的時候，我知道要去上課，但是還不知道內容。不過起碼我知道學校在哪裡，我認識自己的教室。陌生的只是還沒打開的新課本。

瓦斯分裝廠不一樣。我什麼都不懂，卻又是老闆。不過這也不算什麼希臘悲劇。

這千萬不能是一場悲劇。我對當悲劇英雄毫無興趣。說穿了我根本不知道自己演的是哪一齣，除了兩隻狗之外，所有人都等著看我的好戲。

如果按照我自己的劇本，就是花時間在地進行田野研究：蹲在工廠邊做邊學。了不起再上博客來，找幾本如何當老闆的教戰手冊。我從小的學習經驗，讓我覺得除了沒法長高之外，所有的事都可以找到課本自修。

羅東顛覆了我狹隘的人生觀。

哪本書可以教我碰到黑道怎麼辦？

哪個企業老闆可以分享被地方政客強行關照該如何自保？

不是博客來買不到，因為沒人敢寫這種書。

這輩子第一次發現我所有的知識邏輯，完全不通，全數作廢。

焦頭爛額。但是總不能坐以待斃吧。

怎麼辦？

過完年，算完帳，我們到底賠了多少還是一個大問號。

「我覺得妳應該去拜拜。」說這話的不是什麼江湖術士，是工廠的會計小姐。

「拜拜？」我從來沒想過這可以是一個方法論。

「拜一下也沒什麼不好。」

感覺上像是生病發燒時的一顆阿斯匹靈，不能治病，但求好過一點。

到哪裡拜呢？

「就是玉尊宮啊！」她很驚訝我不知道：「離工廠就只有幾公里，真的超近！」

但是我真的不知道。四十多年來，我到羅東的動線終點，就是這個工廠。我從來沒有去過讓假日的雪山隧道塞得水洩不通，近在咫尺的梅花湖，更遑論車程不到十分鐘的冬山河親水公園。

離開工廠，我總是向左轉，回台北。

我從來沒有右轉過。

三月初的某一天。我離開工廠時，照例在路口停了一下。這是一個T字型的叉路口，沒有紅綠燈。停下只是為了確定左右沒有來車。

腦袋裡閃過「玉尊宮」三個字。

好吧。右轉。

我來不及開導航，因為就是一念之間。這是個急促狹窄的小路口，不容我停車輸入地址什麼的。

右轉和左轉一樣，先是一片墓地，不過很快就出現綠油油的田地，夾雜著零星的果園。

碰到叉路，我就繼續右轉，往山區的方向開去。應該是玉尊宮的方向吧。

出現了往梅花湖的標示，我往反方向開去。

我不知道該往哪走，忽然有一種放牛吃草的輕鬆感。

上了一座橋，橋下是乾涸的羅東溪。過了橋就看到草湖玉尊宮的指示了。對我這個路痴來說，驀地有一種「哇！找到了」的興奮。

接著就開始爬坡上山。山路是寬敞的雙向車道，坡度也不大，完全不是北宜公路和雪山隧道的蜿蜒曲折。轉了幾個彎，就看到一大片空地：大的堪比台北故宮博物院的大型遊覽車停車場！告示牌上寫著「玉尊宮 6 號停車場」。

原來如此！看來真是香火鼎盛啊。

不過現在空無一人。

我繼續在山路上繞啊繞，還沒看到玉尊宮的全貌，已經肅然起敬，又慚愧不已，不知道距離這麼近的地方，居然藏了一個這麼大的廟。為什麼我從來沒有想過可以右轉呢？

然後，毫無準備的，在一個彎路之後，玉尊宮從天而降，燦爛鮮豔的矗立在青山之間。

我倒吸一口氣。已經習慣於灰色墓碑灰色水泥牆灰色瓦斯桶，舉目皆灰的眼睛，一下子反應不過來。

我慢慢開上去，就直接停在廟前寬敞的白色磨石子台階下，除了我，沒有別的車。

抬起頭，金頂紅柱，琉璃彩瓦的玉尊宮，映著藍的不可思議的天空，高高地分層鑲嵌在一大片白色石階之上。陽光反射下，令人幾乎無法直視。我瞇著眼睛一階一階的往上爬。在這一片金紅藍白強大飽和的顏色裡，我感覺自己灰頭土臉，疲累挫折的像一隻小螞蟻。

我想起愛琴海藍天白雲之下，希臘雅典山崗上的帕特農神廟。我曾經是個在神廟廢墟的石柱間，拍照留念的觀光客。

現在呢？我算是一個朝聖者嗎？

一步一步爬了百來級石階，來到最高處，依舊是寬敞如一。玉尊宮浩浩蕩蕩橫展在整個平台上，沒有廟門，沒有宮牆，如如大開，不是藏在山裡的一座巨塔，而像一雙張開迎接我的翅膀。

我轉身回顧來時的階梯。

啊……宜蘭！

晴空萬里，蘭陽平原的盡處，天地之間，海洋之上，躺著那個熟悉的輪廓——龜山島。

我從來沒有想過自己會對一隻烏龜，一見鍾情。

這是玉尊宮的第一個奇蹟。一切只是角度問題。

先舉香面對大海，身後是氣場無敵的玉尊宮，我忽然覺得自己不再是一隻渺小脆弱的螞蟻，彷彿也可以是莊子逍遙遊裡，那隻想飛的魚……

再轉身，進了正殿，雙手合十，我舉香朝拜。面對主祀神祇玉皇大帝及天地諸神，卻啞然無語。工廠困難重重，百廢待舉，除了求菩薩保佑之外，我還能做什麼呢？

真的有求必應嗎？

問題是我不知道自己要求什麼？求工廠賺錢嗎？那我應該答應轉賣或出租，躺著收錢就好。

如果不求賺錢，那接手這個分裝廠所為何來？

我結結巴巴的連工廠的地址都背不清楚，連統一編號都會弄錯，我為什麼要接手這個分裝廠？

爸爸身後半年以來，這也許是我第一次，誠實的質問自己，這個簡單而沉重的問題。

我被一連串發生的事情追著跑，陀螺一樣的停不下來，在忙碌和疲累夾殺之下，我像一個扛著槍悶頭往前衝的小兵，不能倒下，不能倒下，不能倒下……成了我唯一的護身咒語，但是我為何而戰呢？

我就這樣跪坐在諸神之前，好久，好久。抬頭仰望，在香火裊繞之間，祂們慈悲的看著我：是啊，妳所為何來？

與其說是一個模糊不成型的祈禱，不如說這是一個赤裸裸的內觀。在我有所求之前。我得先反求諸己。

不為賺錢，不租不賣，是因為我捨不得。

捨不得的是這個破舊的瓦斯分裝廠嗎？這裡沒有我任何甜蜜快樂的回憶，沒有一個讓我可以放鬆休息的角落，我對瓦斯分裝一竅不通，我對客戶毫無了解，我對羅東陌生無感，我到底捨不得什麼？

爸爸……

我捨不得的不是瓦斯廠。熟悉又陌生的瓦斯廠就像爸爸，一個相處了一輩子的陌生人。要等他走了，離開了，我才開始認識他，靠近他，我才敢走進他的世界。

要這樣的生離死別，才能讓我們相識相遇。

守住這個廠，守住爸爸在這個世界上，孤獨闖蕩了一輩子，拼了命留下的人生足跡，他耕耘了一輩子的一方角落。這是我唯一能替他做的。

我所碰到的問題，怎麼比得上爸爸當初隻身來到羅東，一石一瓦，白手起家的艱苦？我一步一步，笨拙而蹣跚地，辛苦困難地踩在他的腳印裡。他的腳印又大又深，我踩下去就拔不起腳跟，也邁不出他的跨度。我只能走得歪歪倒倒，跌跌撞撞。

努力，讓我覺得自己活著。認真的活著。

我再抬起頭，菩薩們莊嚴慈悲如一，我正確地說出了分裝廠的地址，我說明了碰到的困難，我沒有擲筊問工廠會不會賺錢，我只求工廠平安，平順安全，平平安安。

就這樣。

我走出正殿，正要離開，看到有人往樓上走去。原來還有二樓啊。

我也再點了兩柱香，準備上樓去拜一下。這才發現點香爐是一個大型的打火機……或者說，是一個袖珍的瓦斯爐。

玉尊宮也燒瓦斯嗎？

腦袋裡閃過一個念頭。我轉身向服務臺走去。

「有什麼問題嗎？」一位面色和藹的師姐用台語問我。

「嗯……」我不知道怎麼開口：「請問你們用瓦斯嗎？」

「蝦米？」她以為自己聽錯了：「瓦斯？」

我點點頭。

「妳問這個做什麼？」她一臉狐疑。

「我是賣瓦斯的……」我解釋我有一個瓦斯分裝廠，離這裡很近，如果廟裡有需要，我可以供應。

「妳賣瓦斯？看起來真的不像……」她眼睛瞪得更大了。

「請問你們的瓦斯是哪一家瓦斯行送的？」我繼續問。

「不知道耶。我問一下。」這位師姐轉身往辦公室走去，一會兒之後，和另一位一位稍微年長的女士一起出來，兩個人對我非常好奇。

「聽說妳有一個瓦斯廠？」那位資深師姐隔著玻璃問我。

我點點頭：「是爸爸留下來的。」

她翻了翻手中的本子，裡面貼著發票，也隔著玻璃秀給我看，那個瓦斯行不是我的客戶。

「如果我想供氣給玉尊宮，」我看了一下發票上的價錢：「那麼這家瓦斯行就會少一筆生意了。」

「妳很有慈悲心。」那位資深的女士看著我：「要不然妳也可以捐錢。」

我計算了一下整年的用量和預算，她們兩人翻著帳簿，再看看我：「妳還是去問一下天公吧。」

怎麼問？

「擲筊啊。」她們告訴我哪裡有筊杯，要我自己去問：「天公答應了再說。」

我於是又回到正殿，這一次我的問題很清楚，我說明了身分和來意，想要捐贈瓦斯給玉尊宮，算是結緣。

笑筊。

我又問了一次。還是笑筊。

這是什麼意思？

我回到櫃台，告訴兩位師姐是笑筊。

「妳今天第一次來嗎？」

我稍微解釋了為什麼來玉尊宮。

「原來如此。」那位年長的女士說：「看來天公也知道妳的困難，不想讓妳捐……」

我們三人對視，一陣沉默之後，她說：「妳再去問最後一次，天公不同意，我們也不敢收。」

我再回到正殿，第三次擲筊。

陰筊。No。

我眼睛頓時一熱，淚水奪眶而出。彷彿這幾個月來的困難和挫折，老天爺看到了……

拒絕我是因為知道我有困難。

「那就先不要。」資深的師姐安慰我：「以後再說。」

我在諸佛眾神的慈悲裡，紅著眼睛走下石階，是的，以後再說。

淚水讓晴空下的蘭陽平原，溼潤潤的像一幅水彩，以藍天白雲青山碧海為框，安靜的開展在眼前。那隻溫馴乖巧的小烏龜，就趴在畫中央，忠誠認命地守著這片山水，堅如磐石，地老天荒。

我也可以是這隻小烏龜。

慢慢來。一步一步。我自己的腳印。

我需要重新開始。宜蘭和羅東的人口分佈零星分散，就像眼前的這幅畫一樣，除了南澳鄉工業區對於天然氣的密集需求量之外，沒有為家家戶戶安裝瓦斯管的條件，我的分裝廠不是夕陽工業，這裡需要我的分裝廠。

接手工廠不是守著一個爸爸的靈堂，這個分裝廠也不是一座監獄。我不必墨守成規。

不應該是一個包袱，而是一個機會。一段新的旅程，一場新的經驗。發現新的風景，認識新的面孔。扮演一個新的角色，新的自己。

這些挫折都是必經的過程，都是我的必修課，都會成為記憶裡的風景。

穿過歲月的雪山隧道，來到了豁然開朗的蘭陽平原，我不再是個過客。在台北、巴黎、布魯塞爾、和上海之後，我在羅東也有了一個新的地址。在這個一切都追求5G速度的全球化時代，我從大城市回到一個小鄉鎮，學習當一隻就是天塌下來，也不著急的烏龜。

換一個角度，換一個速度。

我會記得右轉。

錢的味道

五月底，天氣開始熱了。冬天裡馬不停蹄，工作台上川流不息一桶接一桶灌氣送氣的節奏，隨著氣溫上升，明顯的慢了下來。

但是空氣裡突然出現了一股不尋常的騷動。來灌氣的瓦斯行之間，本來只是在工作台上，作業時一搭沒一搭地閒聊，或是錯車時互相打打招呼，這一天突然變得有些……怎麼說呢？感覺上他們的聊天變得很激動。

如果是婆婆媽媽聚在一起，大半不難從她們的肢體語言，和臉上表情來判斷她們談的是好消息還是壞消息：嘰嘰喳喳很興奮的高談闊論，多半是關於子女值得炫耀的好事；迫不及待的比手畫腳，通常是急著和姐妹淘分享哪裡在減價打折，或是轉述各自信奉的養生奇招；如果有人怨聲載道邊聊邊罵，那絕對是有關男人出軌變天等情場八卦，如此這般。女人是聊天的動物。

我發現男人聊天的方式，很不一樣。

他們不再是一邊滾桶灌氣，一邊提高嗓門你好我好的寒暄，而是停下手上的動作，壓低聲音交頭接耳。一起搖頭嘆氣之後，總是有人狠狠地發表結論。

擲地有聲，一個字的結論。

「幹！」

但只要我上前靠近，想要問點蛛絲馬跡，他們立刻就若無其事般的作鳥獸散。

「怎麼回事？」我只好去問我的員工。他們在工作台上替瓦斯行灌氣，他們應該略聞一二。

「好像是賴老闆中風了。」

啊……

不過有人中風怎麼會是那個……一字結論？

「因為他的瓦斯攏嘸人送啊。」

賴老闆我大概有印象，他的瓦斯行一直都在工廠灌氣，是爸爸十幾年的老客戶。

的確，賴老闆也是一個人撐著。送瓦斯真的很辛苦，冬天陰雨溼冷，夏天酷曬炙熱，年輕人寧可去手搖飲料店或是加油站打工，也不願來送瓦斯。羅東地區有電梯的高樓大廈不多，撇開老舊的透天厝，就連如雨後春筍般到處都是的新建民宿，多半都是兩三層的樓房。幾乎所有的瓦斯行都是老闆一人全包：自己接電話、灌氣、送瓦斯。很多瓦斯行老闆連自己的兒子，都不肯接手經營。

扛不動了，就只能放棄兩三樓以上的生意。

一直到倒下去為止。

唉，辛苦人。

我還在想，是不是該打電話去問候一下，正在算帳的會計小姐突然停下手中的工作：「他如果晚幾天再中風，就好了⋯⋯。」

嗄？

「他每個月都是二十六日匯錢進來，就差三天而已。」她也長嘆了一口氣：「這個月是三十六萬餒！」

賴老闆從來不欠錢。但是現在應該不是算帳的時候吧。

「好可惜，就差三天。」會計小姐繼續搖頭嘆息。

我和賴老闆不熟，沒有他的電話，只能跑到灌氣台上，去找他的瓦斯桶。每家瓦斯行都把他們的電話號碼，顯眼地用紅漆噴在桶子上。

另一家正在灌氣的陳老闆看見了：「嘸效啦！」他搖搖手，制止我：「他人躺在醫院，厝內只剩下伊老母在接電話！」

「我只想問看看他情況怎樣？」

「老闆娘，」四十來歲的林老闆嚼著檳榔：「妳去醫院也沒用啦！」

他一面滾桶一面勸我：「妳打去也嘸路用啦，阿嬤蝦米攏毋知。」

「怎麼會突然中風？」

「他上次中風有救回來。但是他還有在喝酒，這次應該是真的沒法度啦！」

他索性放下手中的煤氣桶，看著我：「卡緊顧好妳的桶比較重要啦！」他很努力地一個字一個字和我說國語，應該是怕沒講清楚，我聽不懂。

我果然聽不懂。

「他不會回來做了啦！」他有些著急：「不會騙妳啦！妳錢收不回來，就要顧好他的桶。」

我好像聽懂了。

早上隱隱的騷動不安，才過中午就白熱化了。

「幹！才一百塊就搶走了！」另一位瓦斯行的廖老闆開罵了。

工作台上各家瓦斯桶滾動碰撞的金屬鏗鏘，夾雜著一連串此起彼落的一字經……

我看到阿達也在台上，一言不發的滾他的桶，我直接問他，到底怎麼回事？

阿達告訴我，賴老闆的桶沒人送了。用戶打瓦斯桶上的號碼叫瓦斯，接電話的阿嬤一問三不知：「人家急著要用瓦斯，當然就找別家了！」

這樣賴老闆的客群很快就會流失了。

「大家都認識這麼久了，我們本來想幫他忙，先幫他撐幾天。」阿達搖搖頭：

「看來已經被搶走了。」

剛才那位火冒三丈的廖老闆也湊過來說：「他家那個阿興，幹！」

我也見過阿興，他有時候隨車幫賴老闆打零工。我現在才了解，就是因為賴老闆已經中風過一次，所以才需要人幫忙扛瓦斯桶上樓。

「別家瓦斯行來搶！給阿興一百塊，叫他送，他就傻傻地替別人送！」廖老闆真是氣的臉紅脖子粗：「不要讓我碰到阿興，幹！」

原來如此。

「是哪一家呢？」我傻傻的問：「我認識嗎？」

「妳不認識啦！」阿達嘆口氣：「那家風評很差，大家都知道，殺價殺得很兇，很惡劣。」

其實市場上各家瓦斯的價錢都差不多，家庭用戶也不難在左鄰右舍之間，互相比較每桶瓦斯的價格。如果有哪家瓦斯行刻意降價十元二十元，立刻就會破壞那個街區的行情。其他瓦斯行只能削價跟進，不然客群就會被挖走。

我的眼前浮現出一片叢林，一隻行動緩慢垂垂老矣的獅子，驀地倒下，再也站不起來，周圍各類肉食動物，包括在空中盤旋多時的禿鷹，伺機而動，一擁而上，搶撕咬噬，瓜分殆盡。

空氣中的瓦斯味，彷彿夾雜著一股說不出的血腥味。

我還沒有問到賴老闆在哪家醫院，電話就響了。

「老闆娘！」是賴老闆的弟弟。

「賴老闆還好嗎？」我想知道他的情況嚴不嚴重：「我能不能去看他？」

他弟弟有些驚訝：「老闆娘不用來醫院啦！」停了一兩秒，才說：「我打電話是有事要請老闆娘幫忙。」

他開始跟我解釋他哥哥離婚了，和媽媽一起住，只有兩個女兒，年紀還小，都在台北唸大學，他自己是公務員，跟瓦斯行無關，所以他也不會接手瓦斯行。哥哥情況嚴重，不太樂觀，醫藥費會是長期的負擔，家裡還有老母親要照顧……

我不知道能說些什麼。

「我去看看阿嬤好了！」我想到他們剛才說的，阿嬤接到的電話不是安慰她的，而是叫瓦斯的電話：「阿嬤一定很傷心吧。」

輪到他愣住了。

「不用不用。」賴先生有些著急：「我哥哥接下來也沒辦法繼續做了，我只能先把瓦斯行處理掉。」

我想到林老闆的提醒：顧好那些瓦斯桶。

「我現在也沒有時間慢慢處理，我要照顧我哥哥，還有媽媽，還要上班……」他氣也不喘地一直說：「如果有人願意買下來，我只能趕快處理掉。」

我支支吾吾地說：「賴老闆還有一些欠款……。」

「對，我知道。」他打斷我：「我趕快賣掉瓦斯行，就來還錢。」喔。

「他們說瓦斯行牌照，加上貨車，攏總差不多七十幾萬，賣掉就有錢來還妳了。」

「是哪一家要買呢？」我問他。

「欸，還沒確定喔。」他說：「還在談。」

「所以……你要我做什麼？」

他停了一秒鐘。

「要請老闆娘幫幫忙。」賴先生不疾不徐地繼續說：「等我談好，他們就會來你們工廠，把桶搬走。」

原來如此。

旁邊電腦前忙碌的會計小姐一路聽下來，已經從椅子上蹦起來，直接站在我面前，急得跳腳，大動作地用雙手比出一個大叉：「不可以！不可以！不可以！」

唉……

我不吃素，但也絕非肉食動物。趁人之危，我做不到。

「好吧。」

「謝謝老闆娘，等我賣掉拿到錢，就來還帳。」電話裡他說的斬釘截鐵，不容質疑。

「要他的手機！要他的手機！」會計小姐在一旁緊張地提醒我。

我要了賴先生的手機。

就這樣。不過他始終沒有告訴我賴老闆在哪家醫院。
賴老闆知道弟弟要賣他的瓦斯行嗎？
掛了電話。辦公室裡一片凝重。
「唉。」打破沉默的還是會計小姐：「就差三天。」
各家瓦斯行當然都已經略知一二，但是問了一圈，沒有人知道是哪家瓦斯行願意出錢收買。
「誰會要買？」林老闆不相信：「已經一個多星期了，他的客戶都落跑的差不多了。」
「七十幾萬！」另一位許老闆也很驚訝：「我們自己的都送不動了，還去買別家！」
我也很好奇，誰會願意買一家已經客戶散去的瓦斯行呢？
幾天之後，我的手機響了。
「王小姐嗎？」是一位女性。
「賴先生已經把瓦斯行賣給我了！」她很直接：「我們明天下午來搬桶。」

「請問是哪一家瓦斯行？」我問她。

「我們不是瓦斯行，我們是××分裝廠。」

我倒吸一口氣。他賣掉了！賣給了規模比我大很多的一家瓦斯分裝廠。他們有自己的車隊和司機，分裝灌氣之外，也送瓦斯，一條龍作業的大廠。一個我無法競爭的對手。

「請請請問……」我結結巴巴地：「多少錢成交的？」

「哎呀！」那位小姐毫不含糊：「他們根本沒剩多少客戶，車子又老又舊，我們本來根本不想買的。」

她當然有權利不告訴我，但是我也有權利不讓她來搬桶。

是我自己先放棄了這個權利。

賴先生再也沒有主動打電話給我。

我撥了他的號碼。他接了電話，但是我還沒開口，他就一股腦地抱怨起來：瓦斯行根本不值七十幾萬，只賣到一半不到的價錢……哥哥病情沒有起色，以後恐怕需要長期看護，媽媽他也要照顧，兩個姪女的學費他也要貼補，他自己只是拿薪水而已……

我反而無話可說。

「妳要給他施加壓力！」會計小姐每個星期都會逼我打一次電話給賴先生：「不論多少，能拿一點回來也好。」

我沒有每個星期打，因為他每次說的都一樣。我安靜聽完之後，同樣無言以對。

「起碼他從來沒有不接我的電話。」我只能自我安慰。

「因為妳從來沒有逼他還債。」會計小姐說。

一針見血。

那三十幾萬已經註定要成為一筆呆帳。我從此少了一個客戶，賴老闆在工作台上空出來的位子，就像他的客群一樣，很快就被其他的瓦斯行瓜分佔用了。

工作台上，看不出任何他曾經在這裡灌了十幾年瓦斯的任何痕跡。

他也消失在大家的對話裡。大家唯一提到他，是追問我那筆錢要怎麼辦的時候。

「叫妳要顧好他的桶，妳不聽……」每次都是同樣的結論。

所有人都覺得我很沒用吧。

三個多月之後，快要中秋節了。我又打了一次電話。心想問候一下賴老闆吧。

聽完弟弟賴先生一如既往長篇大論的抱怨之後，我終於鼓起勇氣，第一次開口，說：「我知道你也很辛苦，不過這筆帳……」明明我是債主，卻反倒尷尬難堪地好像欠錢的是我：「是不是多少還一點，讓我可以銷帳？」

他沉默了幾秒鐘。

「妳要多少？」

「你能給多少？」

又是一陣沉默。

「五萬。」他說。

好吧。

「老闆娘今天在工廠嗎？」他問。

是的。他說他下午就來。

午飯過後，賴先生就出現了。果然不是瓦斯行老闆清一色：T恤、塑膠拖鞋、斜背包的打扮，眼前是一位穿著白襯衫、灰色西裝褲、黑皮鞋的公務員。他看起來容光煥發，精神抖擻，不像我想像中他在醫院的哥哥、老家的母親和辦公室之間，疲於奔命的辛苦操勞。

他拿出一疊鈔票，五萬元，要我當下簽立切結書，從此欠款一筆勾銷，不再追究。

數鈔機噠噠噠噠，一兩秒就數清了那疊鈔票。

他拿著切結書，走了。

沒有他一貫落落長的抱怨。

我回過神來，竟然看到會計小姐拿起那一疊鈔票，靠近鼻子。

她聞了又聞，一臉狐疑：「這不是從提款機提出來的錢。」繼續把那些錢翻來覆去：「奇怪，這筆錢聞起來……怎麼有一股老舊衣櫃的味道？」

她聞了好一會兒。

然後放下鈔票：「阿嬤的衣櫃！」她斬釘截鐵地說：「這是從阿嬤那裡拿來的錢。」

我再也沒有聽到任何賴老闆的消息。

廠長

都說夜路走多了，就會碰到……

更何況我本來就是在一片墓仔埔裡。

在碰到了一連串的欠債的奧客、吃定了我的黑道、看我笑話的同業、企圖強勢收購的買家、不請自來主動表示關切希望免費入股的民意代表……之後，我的結論是：人比鬼可怕。

不過我也沒有碰到過鬼，他們不需要瓦斯，對我沒興趣。更何況他們豪華氣派的陰宅，遠勝過我簡陋老舊的工寮，不值得他們羨慕。隨著春暖花開，工廠周圍也開始忙碌起來：整理墓園修剪花草的工人，清明前後掃墓祭拜的人車，把窄窄的鄉間小路擠得水泄不通，工廠每天迎來許多開進來迴轉倒車的掃墓車隊。

墓仔埔熱鬧繽紛的像是個一年一次的市集。

這裡沒有孤魂野鬼，只有我是孤家寡人。

但是天公疼憨人。我也碰到了和我毫不相識，卻願意拔刀相助的陌生人。

首先是替我安裝監視器的吳老闆，大家都叫他小吳。

因為陸續出現了工作台上瓦斯桶不翼而飛的情況，引起各家瓦斯行老闆的抱怨和紛擾。我決定忍痛砸錢裝一套監視器。羅東不大，我詢問裝監視器要找誰，大家都說找小吳。

小吳很快就來了。工廠繞了一圈，檢查了電路管線，灌氣作業台及周邊範圍，進出工廠的動線區域，他比手畫腳地告訴我哪些地方需要監視鏡頭，哪些角落有可能是死角……他很快就出了一份報價單。我沒有討價還價，就請他儘快來安裝。

「那辦公室呢？」他問。主動和我說國語。

「辦公室有需要嗎？」我想省錢。

「妳常常一個人在工廠，不是嗎？」他繼續問：「有人來找你談事情，也在辦公室談，對嗎？」

我點點頭。

「那就加一個鏡頭，這樣比較安全。」他沒有等我回答，就接著說：「不會很貴，就是一個鏡頭的錢而已。」

好吧。

於是敲定了時間，他帶著兩位助手親自來安裝，全工廠裡裡外外不到半天就搞定了。我請他到辦公室坐坐，喝杯茶，問他怎麼付款和開發票等等細節。

沒想到他搖搖頭，說：「除了監視器，妳還需要一位廠長。」

唉，是的。但是一言難盡。我人生地不熟，到目前為止，所有碰到的人，都是冷眼旁觀看我笑話的人。我真不知道要去哪裡找一位能夠協助我，可以信任的廠長。

「我可以介紹一個人給妳。」

「真的？」我簡直不敢相信。

他點點頭，給我了一個手機號碼：「妳自己和他談談看。」然後就走了。

我們非親非故，我不知道為什麼他願意主動幫忙，我也不知道為什麼自己願意相信他，但是我真的需要一位廠長，小吳走後，我立刻就撥了那個號碼。

他叫阿彪。現在正忙著。我約了他下班後到工廠細談。

「我們這裡比較偏僻……」我給了他地址，心裡有些忐忑，不知道他知不知道，這裡是一片墓仔埔，會不會忌諱？

「我知道在哪裡。」

傍晚，他騎著一輛寶藍色的摩托車，停在我的辦公室門口。

他拿下安全帽：「我是阿彪。」

眼前是一個黝黑精瘦的男子，一張線條分明的臉，炯炯有神的眼睛，看不出年紀。

我簡單解釋了工廠大致的情況，也詢問了他現有的工作，和他希望的薪資條件。他目前在另一家灌裝廠工作，所以也熟悉瓦斯廠的作業，他的薪資要求也很合理。他有興趣，但是要和他目前的雇主確認離職的時間和條件。最快也要兩個個月之後，才能來這裡上班。

他願意來。

我願意等。

我們很快就談完了，他只有一個要求。

「我不想幫妳討債。」看來全羅東都知道我被瓦斯行欠錢。

「好。」我答應他。

於是他又戴上安全帽，準備離開。我送他到門口，他忽然說：「其實我以前在這裡做過。」

我很驚訝：「我怎麼沒聽說？」

「二十年前吧。」他發動了摩托車：「在妳爸爸把工廠租給別人以前。」

「所以你認識我爸爸？」

他點點頭。

「那你後來為什麼不做了？」

「他們租去以後做得不好，一直賠錢，要扣我薪水。我就走了。」

我看著他騎摩托車離去，眼睛裡熱熱的，心裡暖暖的。

就這樣，我沒有再找別人。熬了快兩個月，阿彪終於來了。

我把他介紹給其他的員工和客戶：「從現在起，他是廠長。」

阿彪沒有自我介紹，其他的員工也沒有說什麼歡迎廠長、敬請指教之類的連續劇台詞。他直接就在工作台上開始作業，替瓦斯行灌氣，沒有什麼握手寒暄之類的客套。他和客戶之間的互動，就是沒有互動。

更確切的說，應該是沒有不需要的互動。

他悶頭工作，很快就熟悉了灌氣機組的操作，動作俐落，身手矯捷，不會邊工作邊聊天，對別人的聊天也沒興趣，從不加入，從不轉述。

阿彪的出現，原來亂糟糟髒兮兮的辦公室裡，很快就發生了變化。我問阿彪要不要用我的辦公室，他搖搖頭，自己在員工共用的辦公室整理出來一張書桌，放上電腦，乾乾淨淨壁壘分明。他不吃檳榔，不打電動，不玩手遊，不會耍廢癱躺在休息用的長沙發上，也不在室內抽菸或滑手機追劇。

基本上，他根本就不在員工休息室裡。

灌氣工作台上忙完了，他就忙別的：清理消防水池、整理周邊環境、檢查各類儀器、修理工具器材……工廠年久老舊，百廢待舉，有做不完的事，我知道需要做的，和我想都沒想到的……除了午休時間，我從來沒看到他坐下來休息過。

相較於其他幾位，只要沒有瓦斯行來灌氣，就在冷氣房裡滑手機吃零食的員工，簡直是天壤之別。

「你們為什麼不去幫忙？」我沒好氣地說。

「我有高血壓。」阿峰一臉無辜地說：「他做的事我都不能做。」

「我要接電話。」另一位小康也理直氣壯。

阿彪從來不找人幫忙，他什麼事都自己動手。從來也沒有聽他抱怨其他同事太懶惰，從來也沒有聽過他喊累。

客戶們也發現了阿彪來了之後的改變。

「妳運氣很好啊，找到這樣一個人。」好幾位老闆都這麼對我說。

「阿彪話不多，不過很認真。」健談的黃老闆這麼說。

灌氣台上的作業流暢無誤，效率明顯提高。有阿彪在，加上監視器，瓦斯桶被偷的情況幾乎歸零。任何偵測器、警報器等安全設施稍有故障，不需要等消防隊的抽查和罰單，也難逃他的鷹眼。

夏天到了，他開始忙進忙出的準備防颱：上至辦公室的屋頂漏水，下至工廠周圍的水溝堵塞，他在烈日的曝曬下，一一搞定。而且這些都不是我要他做的：外行領導內行的定義，就是我根本不知道該做什麼。

不過起碼我知道自己外行——所有人都知道我外行——因此完全沒有面子問題。我是對瓦斯一竅不通的老闆，他是專業認真一絲不苟的廠長。我對他只有信任，他對我十分尊重。

他從來沒有，讓我覺得，他看不起我這個霧煞煞的女老闆。

他不會主動找我說話。如果我到工廠的時候，他在忙，他也絕對不會停下手邊的工作，跑來寒暄問好。如果他開口，就是有事要交代：對我來說，阿彪交代的就是任務，我盡力完成，使命必達。

他說，趁著夏天，天氣好，氣量少，要重新油漆整個油槽。

我知道這可是重中之重的工程，可是不能不做。錯過了夏天，又要再等一年。

但是找誰來做呢？我不希望我的員工在灌氣之餘，還要辛苦的爬上油槽，在炙熱的太陽下，進行這份辛苦又危險的工作。

「外包給別人做吧。」我寧可花錢，不希望任何人冒險。這也是他擔任廠長一年以來，我第一次因為他的人身安危，質疑他的計畫。

阿彪很淡定：「不用，我來就好。」

他不是要和我討論，等我決定；他只是告訴我，他要做這件事。他了解我的擔心，但是他沒有秀出任何拍胸脯保證沒問題等動作，也沒說任何「有我在，安啦」之類的花俏台詞。

他不需要。

他說要做，是因為他做得到。

我只能收起自己的擔心。或者該說，我對他的信任，超過擔心。

於是整個七月，每次我到工廠，只要不是下雨天，他都在高達數公尺的油槽上忙碌著。看著他高高在上的身子，我不敢打擾他，深怕他為了低頭和我講話，分心而失去平衡。

就在不遠處灌氣的瓦斯行老闆們，大家都看到阿彪在粉刷油槽，當然對工廠的維安措施十分肯定，同時對阿彪讚賞有加。我才發現粉刷油槽簡直就是一場廣告秀。

阿彪當然是男主角。他在收縮拉梯的最高處，穿著一條牛仔褲或迷彩褲，打著赤膊，陽光下的汗水讓他閃閃發光，拿著一把噴漆槍，像一個高高在上，所有人只能抬頭仰望的，戰神。

這絕對可以是一個推銷任何產品的廣告畫面：男性香水、Levis 501、運動飲料、保力達B、防曬產品、健身器材……

可惜我賣的是瓦斯。

我的客戶們也十分有感。我親眼見證一位瓦斯行老闆，在辦公室裡拿灌氣簽單的時候，盯著阿彪曬的均勻黝黑的結實腹肌，直接問他：「阿彪，你幾公斤？」

「不知道。」阿彪拿著毛巾擦汗：「沒量，大概六十吧。」

酷！

每天忙著計算體脂比例升降，就像投資人苦守著股市曲線波動的，是那些關在室內蒼白的網紅小鮮肉。真正的練家子不需要量體重。

聽說後來那位老闆直接報名去了健身房。

有一次，因為工作調動，我需要阿彪更換休假日。

「不行。」

他說不行就是不行，沒什麼好討論的。我只能另外想辦法解決。

結果到了他休假那天，我的手機收到了他發的一連串，一群小朋友在室內攀岩的照片。裡面沒有阿彪，我看不懂，回了他一個問號。

他回了我六個字：「我是攀岩教練。」

我才恍然大悟！難怪他不怕高！

又有一次，一位工商代表來工廠拜訪。我的台語不夠流利，請廠長出面接待。結果那人遞出名片之後，盯著阿彪，歪著頭，想了半天：「你是不是我國中的跆拳教練？」

Bingo！

那人立刻改口叫「彪哥」。原來阿彪還是深藏不露的跆拳道六段高手！

原來如此！他一開始就說不願替我討債，也許因為他以為我要他……

阿彪不需要名片。我終於知道要怎麼介紹他了：只有肌肉，沒有廢話。

立秋之後，我接到勞動部的公文通知，工廠必須要有兩張「丙種職業安全衛生業務主管在職訓練」的合格證照。我責無旁貸，必須取得。廠長當然也應該要有證照。

這是我第一次看見阿彪面有難色。

「要去上課，還要考試。」他用了平常沒用過的字眼：「很麻煩。」

「報名費工廠出，上課考試都算加班。」我想起他利用休假去教攀岩，保證不會影響他的休假計畫。

「很麻煩。」他又說了一次。

「不麻煩。」我查了一下：「不用去台北，宜蘭就有開課，交通費可以報銷。」

他沒再接話。但是我直覺他不是很樂意去上課。

「拿到之後，這張證照就是你個人的。」我想要鼓勵他：「如果以後你要去別的地方，你就有一張主管證照了。」

我說了就後悔了。這算哪門子鼓勵啊？我希望他留在這裡，長長久久。

他沒再說什麼。但是我還是覺得他心裡有事。

接下來，只要是休息時間，他都在另一個空房間，戴著眼鏡，讀書。我很驚訝他的用功，但是也不敢打擾他。

我自己也得去上職訓課，不過他在宜蘭上課和考試日期都比我早，我心中暗喜：「阿彪，你考過了，我沒考過也OK，起碼工廠會有一張證照。」

他看著我，那雙平日炯炯有神的眼睛有些黯淡：「……我書讀不多。」

原來他心裡糾結的是這個。

我沒問他的學歷。我不在乎他的學歷。他不需要學歷，他需要的是信心。

「大姐，我不一定考得過。」

我很想告訴他，雖然我是台大畢業，但是我最常做的噩夢，而且是嚇醒一身冷汗的，就是考試。但是我不覺得告訴他有任何幫助，自己就會變成小時候最討厭的噁心鬼：全班都在及格邊緣的時候，總有那麼一兩個人，明明考了九十分，還要裝腔作勢地抱怨：哎呀，考得好爛喔。

「你一定可以考過。」這是我的肺腑之言。

我本來想說：這次沒考過，就再考一次……或者是：學歷不能代表什麼，你看我台大畢業又怎樣，在這裡根本就是白痴……。

我什麼都沒說。說什麼都是多餘。

一個月過去了，兩個月過去了，我幾乎忘了這件事。

有一天，我在台北，接到他的簡訊：「我考過了。」

哇，我一下子高興的不知如何是好，手舞足蹈地比我自己考過還開心。我瘋狂地傳了一大串，所有我手機裡有的恭喜按讚貼圖，恭喜恭喜恭喜！太好了！

等我幾天之後到了工廠，當面恭喜他：「太厲害了！一次就考過了！」

他罕見地展開笑顏，搔搔頭：「我也沒想到。」然後塞給了我一大疊考古題：「大姐，妳讀這個就好。」

我滿心感謝的收下，始終沒告訴他的是：在我心裡，他名字裡的「彪」是「鏢」。

保鏢的「鏢」！

一個多風的下午

十二月初了，天氣卻晴朗暖和彷如初夏。

像極了記憶裡大學時，那些只想騎車到椰林大道盡頭，躺在振興草坪上曬太陽的冬天午後。曬的酥酥軟軟的，紅撲撲的一張臉，匆匆趕回去上課，從暖暖的陽光下，氣喘吁吁地一頭鑽進幽暗陰冷的文學院大廳，壓著急促的心跳，連滾帶爬地跌入深沉靜謐的文學世界。

燦爛燃燒，著急的二十歲，讓我沒敢選王文興老師的課。

聽說他一節課只讀一行。

沒辦法。

二十歲的我，著迷的是《伊甸園之東》裡的叛逆、是《簡愛》裡的苦戀、是《法國中尉的女人》的神秘、是羅大佑《鹿港小鎮》的吶喊、是第一次在國父紀念館站著觀賞舞蹈《春之祭禮》的震撼。

還要忙著談戀愛、忙社團、跑影展、辦活動、進行剛從齊耳短髮和制服裡解放的，髮型和服裝的各種實驗……

我忙著認識我自己。囫圇吞棗，享受一切皆可拋的青春年少。

但是《家變》的確讓我悸動。倒不是當年文學批評所指，《家變》如何顛覆傳統倫理，如何驚世駭俗云云。在那個還沒有解嚴的年代裡，初讀《家變》，呼應的是自己動彈不得的青春期，那個沒有自己房間、沒有隱私、沒有權利太晚回家、即使考上台大也不能對父母頂嘴，常常想離家出走的二十歲。

對於《家變》裡的范曄，居然可以顛覆一切，逼他爸爸離家出走，驚愕不已。似懂非懂，也不在乎。我忙著長大長大長大，那種狼吞虎嚥吃到飽、硬撐式的長大。

王老師一字一句，包括標點符號的推敲，細耙深挖的文學精讀課，我敬而遠之。

我選了師母陳竺筠老師的課。她的聲音清脆，上課節奏明快，有她的指點，選讀作品裡模糊的影射和象徵，都像是幼兒畫本連連看的虛線：只要照著指示就可以畫出全圖。每上完一堂課，總覺得自己更聰明一點，那種填飽肚子的簡單滿足。

我更喜歡陳竺筠老師的人。她美麗優雅，風趣活潑。我記得教英國文學史的顏元叔教授曾經提過，當年在他們兩人的婚禮上，大夥兒一個接一個地邀請新娘跳舞，把不會跳舞的新郎王文興晾在一邊。

在我們當時才二十上下的女孩眼裡，這反倒使她和王老師的愛情傳說，顯得更為神秘。能讓這樣一個風采動人的女子，甘心守護著一天只寫三十個字的王老師，絕對是個男神！

畢業後數十年，沒有再和老師們聯絡。二〇一七年夏天吧，我剛好回台灣，外文系老同學聚會，邀請了王老師和陳老師。他們兩人竟然真的來了！

我記得那天我帶了一束花送給陳老師，還有王老師剛出版沒多久的《剪翼史》。我們一共不過七八個人，那天是我這輩子唯一一次和王老師的近距離接觸。

記憶中他在台大校園裡蒼白清瘦的身影依舊，但是完全沒想到，那個年輕時敬畏仰望的文學巨擘，竟然和藹可親，好奇又健談。他非常關注國際局勢：Brexit、川普當選、難民危機……是《文茜的世界周報》的忠實觀眾。在場有同學說：雅倫替周報寫稿。我低下頭紅著臉，想起自己小時候逃課的愚昧無知，後來也沒有在文學上繼續深造，覺得很慚愧，尷尬地一句話都說不出來。

王老師喝著咖啡，微笑：「很好，很好。」

然後在我買了還沒讀的《剪翼史》扉頁，替我簽了名。

倒是記憶裡活潑健談的陳竺筠老師，整個下午只是旁觀我們和王老師對談，安靜微笑地守著她的英雄。

我想起那個故事裡在婚禮上翩翩起舞的新娘。那天的午後陽光裡，目送兩位老師並肩離開的背影，白髮蒼蒼，紅塵化外，無悔無懼。

正因為他們兩人一輩子堅若磐石的深情相守，才能讓王老師恣意對文字大動干戈，「橫徵暴斂」，日日纏鬥，苦得戰果三十字。

二〇二三年教師節的前一天，王老師走了。

沒有公祭，沒有告別式。他放下筆，離開了戰場。

其他的也許都不重要。但是我們是凡夫俗子，我懷念王老師，也想念陳竺筠老師。

十二月九日下午，我和好友永萍走過椰林大道，穿過時光隧道，回到台大文學院，參加由台大、洪範書店、文訊雜誌為王文興老師舉辦的追思紀念會。

文學院的演講廳外，總統和各級政要的花籃擺滿了走廊。座位有限，我們沒有事先登記，只能站著。

當年沒有成為坐著聽他上課的學生，現在甘願是一個站著向他致敬的讀者。

在落落長的總統褒揚令，和八股制式的長官致詞之後，陳竺筠老師走上了講台。

仍然是那個熟悉的聲音，清亮明快：「王文興走得很安詳，因為他打完了一場美好的仗。」她的聲音裡沒有悲傷，她笑著說：「王文興是真正的台灣作家，因為他作品裡充滿了只有台灣讀者才看得懂的注音符號。」

最短的致詞，最深的相許相知。他們的感情裡沒有廢話，只有主詞，動詞，受詞。王老師的文字煉金術，對應的是陳老師的感情煉金術。

接下來是《文訊》社長封德屏女士，介紹紀州庵文學森林的前世今生。

我有些錯愕，轉身問永萍：「紀州庵和王老師有什麼關係？」

永萍壓低聲音回答我：「妳真是個外國人，紀州庵就是他小時候的家。」

啊……

那一刻的震驚，不下於少年初讀《家變》的衝擊。

年輕時把「家」描寫為壓迫人性之囚牢的叛逆作者，晚年居然成了搶救《家變》故事場景、幼年老家房舍的古蹟捍衛者。

我更難以想像精讀慢寫的王文興，甘願犧牲每日與文字搏鬥的寶貴時間，化身為封德屏女士口中：「前期為了搶救紀州庵，參加了近三十次重建協調會。之後為了支持文學森林的活動，親自主持了四十場文學座談會。」

告別式還沒結束，我滿心沸騰，就像當年那個在教室裡坐不住的，二十歲的我。

「走吧。」永萍果然看出我的蠢蠢欲動：「我帶妳去紀州庵。」

走出文演大廳，追思會開始之前廳外擁擠的走廊，現在只剩下來賓簽到的長桌。我這才看到牆上一系列展出的黑白照片。

從一個在書桌前扶著額頭，垂眼沉思的九歲小男孩……

到一個灰白了頭髮的高僧，一支瘦筆，幾頁白紙，一方小桌，以字入禪，如如不動。只有滿地撕碎的紙片，洩漏了他這一生與文字械鬥鏖戰的激烈。

穿過這些黑白照片的歲月長廊，我們來到同安街的紀州庵。

「這裡沒法停車。」永萍把我撂下：「妳一個人慢慢逛吧。」

她沒有嫌棄我的孤陋寡聞，在這個初冬暖和的下午，她只是安靜地帶我來。不需要多說，一切盡在不言中。

標誌牌上寫著：「紀州庵文學森林」。

我卻覺得像是來到了一座小島，被一個好心的擺渡人，行船至此。那段引領進屋的木製坡道，正是船客停泊靠岸，登上島嶼的小木橋。

得彎下腰，脫鞋著襪，才能上岸。

吱吱呀呀的地板，只能輕聲慢步。這才發現力不從心：慢走的困難是心比腳快，首足不一。

必。須。慢。下。來。

我屬兔。

全世界繞了一圈，盲跑了大半輩子，蹦蹦跳跳、跌跌撞撞、團團瞎轉了幾十年，才終於體會到慢走之大不易。

我就這樣繞著紀州庵的圍廊，一步，一步。

我聽見了鳥聲，風吹過枝梢樹葉的窸窣，周圍兩三人的低語交談，遠處的車聲與喧囂。

我看見了灑落在地板上的游動浮影，在窗櫺光柱裡飄舞的灰塵，屋外草地上那些根鬚交錯的老榕樹，和大片的樹蔭。

那個照片裡的九歲小男孩，曾經仰望過的大榕樹。

是在島嶼上寫作的王文興，以一日三十字的鍊金速度，日復一日，年復一年，把這些原來只是故事背景的無名榕樹，滋養成了一片文學森林。

我彷彿是一隻從水裡爬上岸，以寸步之速環島的烏龜。抬頭仰望，在島嶼上寫作的王文興。

留在這座小島上，除了慢步，我還需要一本書。

工作人員告訴我，對面重建的紀州庵新樓裡，有買紀念品的書店。我穿上鞋，走下小木橋，走到對岸的書店。問了那本書。

一個新的封面。打開扉頁，「贈給 竺筠」。簡單的四個字，藏著一個寫了一輩子，至死不渝的愛情故事。

我看著這四個字。浮現出幾年前的那個下午，兩位老師漸行漸遠的背影。一張不存在，但是鮮明難忘的照片。

換了新封面的《家變》，還有二〇〇九年由作者重新校訂，為精裝新版所寫的序。像是一本《後家變》。

《家變》以文字描述了兒時的房舍，讓負責搶救紀州庵的台大城鄉所團隊，得以還原重建。而《後家變》除了新序，還有一個3D實體版的Bonus：紀州庵。

可以一邊讀，一邊印證文字裡的故事場景。有一種前世今生，此身何在的錯覺。

打開書，翻到某一頁：「沒有幾個行人，白的街身，彎彎的走向，其實也是一條小河」。

這應該就是現在的同安街吧。我忍不住微笑，嘆息。原來紀州庵像一座島，不是我自己的幻想。

每個人的心中都有一本王文興的《家變》，和一個後《家變》裡的紀州庵。我的紀州庵藏在宜蘭縣冬山鄉，一個從來都沒有消失模糊的瓦斯廠。

二〇二三年是我的本命年，在紀州庵的魔法森林裡，我甘心從一隻四海為家的兔子，嘗試著演化成一隻屬於爬蟲類的烏龜。

終於理解為什麼，一節課只讀一行。

當年逃兵似的沒勇氣上的課，在紀州庵補上了。

一個星期之後，是誠品信義店平安夜熄燈前的最後一個週末。書店裡盡是和我一樣，依依不捨的讀者，也是某種道別。我很自然地來到華文創作區。我想找幾本紀州庵小書鋪裡沒有的，王老師的書。

我簡直不敢相信自己的眼睛……

我我我去年出版的那本《要這樣的生離死別，才能讓我們真正相識相遇》，竟然被放在《家變》的左邊！

我卑微的名字，不可思議的，和「王文興」並列在一起。

我回過神，理解這無關作品，純屬我們兩人名字的英文字母排序接近所致。

在溢於言表的淚眼模糊裡，我偷偷用手機拍下這張照片，紀念我和王老師的另類相遇。

階級意識

二〇二三年十二月的某一天，早上醒來……

我忽然像捷克德語作家卡夫卡《變形記》的主人翁一樣：「發現自己變成了一隻巨大的昆蟲」。

我清清楚楚的記得醒來的那一刻：手機上的時間是六點三十六分。

我的身體外型沒有改變，但是剎那間，我赫然意識到：我不再是原來的那個我，那個我認識了一輩子的自己，那個家人朋友與外人眼中的我。

我沒有變成一隻蟲。

我只是頓悟了自己是一個女工。

這個發現像一個海底引爆的深水炸彈：在我的意識底層爆發，掀起海水表面下的驚濤駭浪，往外擴散成一場海嘯，淹沒了我所有累積成岸的自我認知。

就像《變形記》中那位主人翁在發現自己變成蟲之後，思索回憶他前一天吃了什麼，做了什麼……

我也努力追溯自己為什麼一夜醒來，會變成一個女工的蛛絲馬跡。是什麼引爆了我的「變形記」？

二〇二三年，我經歷了三場葬禮。

七月中，是我的好姐妹李永萍的父親，國軍英雄李鉅滔先生的葬禮。

九月初，是我的好兄弟，作家郭強生的父親，台灣現代美術大師郭軔老師的葬禮。

十二月，是我在台大外文系的教授，大師作家王文興先生的追悼會。

李伯伯走了，留下了一整牆的空軍英雄勳章。

郭伯伯走了，留下了上百幅值得被美術館和收藏家典藏的作品。

王老師走了，留下了紀州庵文學森林公園。

還有一條我每週從台北到羅東的必經之路：純精路。這是全羅東最寬敞最漂亮的六線道大馬路。陳純精是我的好朋友陳文茜的曾祖父。他留下一整條路。

我的爸爸二〇二二年中秋節，走了。留下了一個破舊不堪的瓦斯廠。

恍然大悟！

搞了半天，我就是一個工人小孩。

一年多以來，我所有在台灣和歐洲的朋友，知道我接手瓦斯分裝廠之後，幾乎一律是一陣沉默，然後皺著眉搖著頭，語重心長地問我一個同樣的問題：

「妳為什麼要去賣瓦斯？」

沒有例外。然後冷靜的看著我，等待答案。

沒有答案。我無法解釋。

那天清晨六點三十六分，答案終於出現了。

我賣瓦斯，因為我們家是賣瓦斯的。就這麼簡單。

爸爸留給我的不是勳章、畫作、紀念館、和一條路。他是一個雙手長滿厚繭，靠勞力賺錢養家活口的工人。我是一個工人的女兒，賣瓦斯毫不違和。

我激動地打電話給不在台灣的女兒和老公：我是工人！卡夫卡的那條蟲，

是我！

在台北的畫家女兒還沒睡醒：「媽媽，妳怎麼了？我聽不懂。」

在比利時的另一個醫生女兒：「媽媽，妳還好嗎？血壓多少？」

只有在山東的老公，聽完我激動的語無倫次之後，悠悠地說：「妳現在才意識到妳的階級。」

是的。我像是發現新大陸一樣，發現了一個新的自己。即使我身上貼著北一女台大畢業的標籤，即使我遠走高飛去了巴黎布魯塞爾，即使我可以用流利的法語英語高談闊論，即使我握有進入所謂「菁英圈」的密碼……

我終究還是一個來自勞工階層的小孩。

階級意識的覺醒，也打開了我重新認識自己的開關，和重新面對這個世界的角度。

年終近了，朋友圈裡是一股準備過節的歡樂的氣氛，姐妹們在群組裡分享小時候幼稚園慶祝耶誕的照片，園長如何如何、老師這般那般……大家此起彼落的發言，好不熱鬧。我完全插不上嘴。我小時候不過聖誕節，更沒有任何幼稚園的記憶。

因為我根本沒有讀過幼稚園。我的父母當年沒錢讓我去讀幼稚園。小學是國民義務教育，免費。所以我提早入學寄讀，一年級唸了兩次。這個我記得。

接著我發現自己居然是，高中以來的死黨姐妹群中，唯一一個從小到大，從來沒有唸過私立學校的人。我和她們的共同回憶是從北一女開始。她們其中有些人，還可以一直往前追溯到私立幼稚園，從兩三歲起就認識的朋友，一路到老。

我的小學是在台北大龍峒唸的，大部分的小學同學只有國中畢業。同學會上，許多當年的小學同學現在都以「市長」相稱。

剛開始我搞不清楚狀況，還以為大家都從政了……

「沒有啦！菜市場的市長了！」

好可愛的魚市長、鮮肉市長和果菜市長！

其實在羅東，從來沒有人問我為什麼要接手瓦斯廠？他們沒有既排斥我，也沒有對我特別好奇。事情就是這樣，人生海海，沒什麼好問的。

哪來那麼多糾結？

他們自己何嘗不是這樣？家裡是送瓦斯的，就接著繼續送，一直送到扛不動，倒下為止。像天地之間自然生長的各類生物，種子落在哪裡就在哪裡生根發芽，任你是貓狗牛羊還是獅子老虎，不知羨慕為何物。

認命。

而不是革命。

因為認命，所以可以忍受不公平與不合理。接受弱肉強食的自然法則。不抱怨，不自憐，不囉嗦，全靠他們身上那股無比頑強的生命力。

意識到自己來自勞工階級，也改變了我對這個世界的看法。這些只能信任自己汗水和勞力的工人，不需要什麼「理性邏輯」和「客觀分析」，那些長篇大論的菁英論述，與他們無關。他們不相信任何政客可以改變他們的命運。因為俄烏戰爭和世界局勢而導致的全球天然氣價格波動，他們無從置喙。華爾街禿鷹對全球金融股市的翻攪操弄，他們無從理解。中美爭霸之下緊張危險的兩岸關係，他們無感。

「只要有人吃飯，這裡就會需要瓦斯！」這是天塌下來都不能動搖的事實。

宜蘭縣太大，人口分佈太疏散，只有南方澳工業區值得投資安裝天然氣管路。未來數十年，起碼在我的有生之年，羅東都需要瓦斯分裝廠。而且因為幾乎沒有利潤，也沒有人會砸錢入行搶生意。

想通了自己血脈裡流淌著勞工階級的DNA，一下子豁然開朗。也找到了另一個答案。

是的，我的菁英朋友們，還有第二個問題：「瓦斯廠賺錢嗎？」

一年前我不知道。一年後，我知道不賺錢。

但是就像我的幾位好朋友一樣，這個場就是爸爸留下的國軍勳章和珍貴畫作。這個破爛老舊的分裝廠，就是我的紀州庵，就是我的純精路。

重點不在於它是什麼，而是它的存在。

因為它，我可以理直氣壯的回到羅東，以我只有一五〇的身高，頂天立地地說：我屬於這裡。

我不是外人。我不再是被我的各種身分證照規範的：江蘇徐州人、比利時客家人、上海台胞……

我是羅東人。

我想起徐志摩的句子：在康河的柔波裡，我甘心做一條水草。

在羅東冬山河畔的田野裡，我甘心做一名工人。

於是羅東成了我的工作軸心。這不是家人朋友們眼中的犧牲，而是用新的認知圓規，重新畫出來的人生方圓。生活圈沒有因此而縮小，反倒是以更長的直徑，畫出一個更大的圓：包含了台北的媽媽、繼續在中國奔忙的老公、和遠在比利時的孩子。

我的羅東，大哉大。

幾天之後，老公來到台北，我們要一起回比利時探望孩子。

同樣是忙到最後一刻，匆匆趕到桃園機場。他還在忙著講手機開電話會議，我一個人推著行李，急著要在櫃台關閉前辦理登機手續。櫃台前已經沒有人排隊了。

二〇二三年十二月底的歲末，還不是台灣人出國旅遊的農曆年假，飛往歐洲的航班並不滿。這趟回歐不是我先生公務出差的商務艙，買的是我們自行回家探親的經濟艙。

「如果飛機不是很滿，可以給我們兩個人一整排嗎？」我問櫃台的地勤小姐。

「如果不要靠窗，中間那排的座位可以嗎？」

當然可以！

我竊竊自喜，老公終於打完電話，我得意洋洋地邀功：「我們兩個人拿到了四個位子！」

他沒有反應，卻轉頭問櫃台小姐：「請問商務艙還有位子嗎？」

我一頭霧水。

「還有喔。」小姐回答他。

「請問可以用我的公里點數升級到商務艙嗎？」他繼續追問。

「點數升級？」那位小姐搖搖頭：「用點數升級要事先在網上辦理，現在就要登機了，我們都要關櫃了，沒辦法。」

「那要怎麼樣才能升級到商務艙？」我的老公繼續追問。

我聽得懂他每一個字，但是我搞不懂他要幹什麼？

「現在的話……只能用買的。」小姐回答。

我開始有點恍神，聽到我老公竟然接著問：「多少錢？」

「飛到伊斯坦堡的一張單程商務艙是一二五〇美金。」小姐不疾不徐的回答：「兩張是二五〇〇美金。」旁邊櫃台已經結束作業的兩三位同事，也靠過來幫忙。

更可怕的事情發生了……

我簡直不能相信自己耳朵聽到的，他說：「好，我要兩張！」

然後就掏出信用卡給那位小姐。

我試圖制止他，語無倫次的說：「我們兩個人有四個位子，四個位子！」

「我沒法在這裡幫你刷卡，你要去購票櫃台！」那位小姐倒是很淡定。

我想要攔住他：「不要買商務艙！」同時想要搶下他手上的那張卡：「不要花錢買商務艙！」

他不理我。把拿著信用卡的手舉得高高的。我激動地像是要搶球上籃一樣，墊起腳跟要搶回那張卡……但是根本構不著。

「要趕快喔，我們還有幾分鐘就要關櫃了！」小姐催他趕快去。他越過我頭上拿回小姐交給他的兩本護照。

剎那間，我我我……竟然嚎啕大哭起來！

驚嚇過度，我聽見自己大哭著說：「不要浪費錢！我我我我願意換電腦！不要浪費錢！」

櫃台後沒有人敢接話。輪到他們不知所措。

他不理我。丟下我跑了。

我沒法停止哭泣，但是兩隻腳卻像是被綁住了一樣，沒法追上他，只能就地蹲下來，後背靠著登記櫃台，縮在地上繼續大聲啜泣。

幾秒鐘前櫃台叮叮咚咚的忙碌，瞬間靜止了。

鴉雀無聲。

空氣中只剩下我停不住的啜泣聲。

也沒人敢來安慰我。要怎麼安慰一個，老公要買商務艙寵妻，卻當眾放聲大哭的奇怪太太？

我不知道蹲著哭了多久，他才買好票回來。櫃台後面像是重新按下了play鍵，又動了起來，幫我們搬行李的、貼行李條的、辦登機證的……一陣忙亂之後，我淚眼汪汪地被他牽著走向出境大廳。

我視線模糊，驚魂未定……一直沒法停止啜泣。

我們匆匆過了安檢和海關，他說：「來不及了！算了，我們沒時間去Lounge了！」

我一聽又放聲大哭起來：「你看吧……叫你不要亂花錢！」

他停下腳步，抱著我：「我心疼妳太累，我們坐商務艙舒服一點，窮家富路嘛。這個錢我們花得起。」

於是我像是被家暴一樣，紅腫著雙眼，走進了商務艙。

就這樣，我一路斷斷續續的，哭到伊斯坦堡。哭累了，也就睡著了。醒來想著想著，悲從中來，又莫名其妙的哭起來。

老公看著我，搖搖頭，嘆口氣：「妳果真是個勞工階級！」

是的。自己花錢坐商務艙會痛心大哭的勞工階級。

大仔

他每天都是下午兩點左右才出現。

大部分的瓦斯行都是早上八點，工廠一開門就來灌氣了。

當我剛開始接手工廠時，他是我唯一我稍微有點印象的老闆。我不記得他的人，但是我記得他的瓦斯行。

爸爸當年盤古開天，落腳羅東冬山鄉，白手起家，有五六家就在附近的瓦斯行，是分裝廠開始營業時的第一批客戶。爸爸完全聽不懂台灣話，唯一會講的一句台灣話就是「人兩腳，錢四腳」。我不知道他是怎麼和只講台語的瓦斯行老闆們溝通的。怎麼去開闢客源，說服他們來「墓仔埔」灌氣的。

也很難想像那些只講台語的瓦斯行老闆們，如何聽懂他帶著大陸北方鄉音的國語。

統一的語言應該是阿拉伯數字。反正大家都認得鈔票。

在那個沒有手機簡訊的年代，講電話沒有太多秘密，爸爸耳朵重聽，所以總是高分貝的分享他所有的電話交談。我們想要裝聾作啞都很困難。偶爾也會接到找爸爸的電話，就要問清楚對方是誰，才能高舉電話筒：某某瓦斯行老闆電話！因此對這幾家最早的瓦斯行名稱，耳熟能詳。

這一串瓦斯行的名字，像是一首不知道從哪裡學來的兒歌，明明是四十多年來從來沒有唱過的旋律，但是一回到爸爸的分裝廠，這個旋律就浮現了，而且幾個名字一定要連在一起，才哼的出來。

我一開始背不出工廠的地址和統一編號，但是這一串名字的記憶，彷彿證明了我和這裡的連結，是我可以回到這裡的通關密碼。

爸爸不在了。這個百廢待舉破敗不堪的老廠裡，除了兩隻同情我的狗，沒人認得我。

所以當我第一次在一輛小貨車上，看到一個熟悉的，遠古記憶裡的瓦斯行名字的時候，就像是突然發現了一張小時候發黃的黑白照片，縱然人事全非，但是照片還在。

那一整串兒歌旋律，一下子蹦出來，我記得。我還記得！

但是我不認識開小貨車的那個人。

剪的灰白俐落的平頭，卻留著很有個性的鬢角，黝黑結實的身材，上了年紀，卻不顯老。動作簡潔俐落，還能把二十公斤的瓦斯桶扛上肩。

我鼓起勇氣迎上去：「我是王老闆的大女兒。」

他看看我：「為什麼不是妳弟弟來接？」

我不知道怎麼接話。猜不透這是一個問句，還是一句責備？

的確，這個分裝廠，除了我，從客戶到員工，都是男性。

他走進辦公室，對著爸爸的照片牌位，點了一根菸。

煙味頓時瀰漫開來，填補了我們之間無話可說的尷尬。

「妳真的要接？」

我點點頭。

「妳不想賣？」

我搖搖頭。

「妳不想租？」

我搖搖頭。我何嘗不知道自己什麼也不懂，但是我沒辦法就這樣賣掉或是出租。我總是要試試看。但是我什麼也沒說。越來越濃的煙味是一股熟悉的，屬於爸爸的味道。

我想起那句爸爸的台灣話「人兩腳，錢四腳」。

這一切，如果不是為了賺錢，還有任何意義嗎？

我很清楚我不是為了賺錢，但是我還不清楚我到底是為了什麼？

葉老闆每天都是下午兩點半左右才出現。只要我在工廠，他都會進辦公室和我打招呼。或者是我先看到他的小貨車，就到駕駛座窗前和他打招呼。

我發現他也不太和其他瓦斯行老闆閒聊，大家都喊他「大仔」。有一種對老大的尊敬。

但通常我們什麼也不多說。不是我不願意聊天，相反的，我非常努力聊天，我有許多問題想要問他，心裡總把他當成一位可以請益的學長。其實何須我多言，他一定知道大家都知道的，我完全狀況外的狀況，和我被幾家瓦斯行惡意倒帳的慘況，還有幾位想要趁機廉價收購的金主虎視眈眈……

但是我每次一開口，也說不下去。句子就這樣斷在半空中……如果他開口，也總是同一句話：「做不下去就不要勉強。」

我聽不懂這是鼓勵我繼續，還是勸說我放棄。

慢慢地，我不再提問題，因為沒有答案。看著他把瓦斯桶一骨碌扛上肩，忍不住問：「你還自己送樓上嗎？」

「我已經兩年多不送三樓以上了。」

原來如此。所以他從不在早上出現，他不需要那麼大的氣量，也在縮減他的客戶。

「做不下去就不要勉強。」他對自己也是同樣的結論。

就這樣，只要我在，他就會在灌完氣之後，進辦公室來看看，不再點菸，只是坐一下。

他依然不多話。我也習慣了我們之間，不用說話的……聊天。他坐上一兩分鐘，什麼都不說。

我也學著從找不到話說，到不急著找話說。

到不用找話說。

於是他看著我焦頭爛額地敲著計算機，看著我忙裡忙外打官司想辦法討債，看著我為了消防署的臨檢處罰和複查著急不已……

他知道我賠錢。大家都知道我賠錢。

我也無從抱怨，這是我自找的。賠錢就算是繳學費吧。我只能這樣安慰自己：我維修了老舊的消防設備，安裝了監視系統，換了新的發電機，重新粉刷了油槽，更新了防爆的安全管線……賺錢是「人兩腳，錢四腳」，花錢根本是「八腳」！

「妳爸爸以前就是擺爛。」

輪到我瞠目結舌，他他他居然當著爸爸的遺照，這樣說！

快一年了，我終於聽到一句不一樣的話。感覺上怎麼像是在肯定我……

「他老了，沒有力氣再做這些事了。」我替爸爸緩頰。

他說：「來去送瓦斯了。」然後起身，走人。

他不再說「做不下去就不要勉強」了。

過年前，我找到一大瓶爸爸沒喝完的，用中藥釀配的藥酒。想來想去，決定拿到羅東送給大仔。

過年大家都忙，叫瓦斯的手機接到手軟，他們忙到沒時間吃午飯。我也不敢打擾大家，除夕那天忙到最後，我準備了紅酒和牛肉乾送給每一家老闆，算是一點小禮。賠錢歸賠錢，年還是要過的。但是只有這瓶爸爸的酒，要送給大仔。

最後一趟車灌飽了所有的瓦斯桶，他照例進辦公室和我打招呼。我把那瓶舊舊的老酒送給他。

他眼睛一亮。

「妳爸爸說他喝這個中藥酒，冬天都不會感冒。」

是的。因為冬天是瓦斯的旺季，他不能生病。我現在才懂。

他摸著酒瓶，想起了什麼：「你爸爸剛來羅東的時候，有夠辛苦。」

然後慢慢用他夾雜著台語的國語，繼續說：「那時候他也莫知做不做得下去，有時候晚上很煩，一個人帶著酒來找我。」

那個還沒有雪山隧道的年代，那個爸爸一個人在羅東孤軍奮鬥的歲月，沒法每天回家，回了家，也沒人懂他的辛苦。一肚子苦水需要傾吐，卻無人可說的無奈。

他睹物思人：「我們那時候攏嘛啉米酒。」

我沒有接話。我已經習慣和大仔之間，不說話的談話。

「啉米酒配土豆。」

是的，我也記得爸爸喜歡吃煮熟的，帶殼的花生。

「兩人啉整晚。」他看著爸爸的酒說。

爸爸不是一個會找人訴苦的人。但是我可以想像他和大仔之間，不需要台語國語雞同鴨講的交心。一個可以陪他借酒消愁的兄弟。一瓶米酒，一碟花生。足矣。

再回工廠倒頭睡一覺。天亮了，又是一條不認輸的好漢。

「大仔，你很久沒說『做不下去就不要勉強』了喔。」我終於想到一句話。

他笑笑。什麼也沒說。

我知道他知道，我可以做下去。

遲到

星期天。雨天。

上課時間是早上九點到下午五點。一整天。

一個陌生的地址。

我睡眼惺忪地查了地圖，算了算，捷運＋公車＋步行，大概需要七十分鐘，看樣子要遲到了。捷運裡根本沒幾隻小貓，我昨天晚上才剛從歐洲回到台北，還完全淹沒在時差的腦霧裡，揉著眼睛打著呵欠，一種不知今夕何夕的茫然。明明心不甘情不願，但不知道為什麼，對於這個強迫要上的「丙種職業安全衛生業務主管在職訓練」，我竟然有一種莫名其妙的好奇與興奮。

好久沒有坐在教室裡上課了。

瓦斯分裝屬於危險行業，我理所當然應該要來上課。一共要上三個星期天，全程二十一個小時，然後還要考試，過關之後才能拿到勞動部認可的合格證照。我既然要做瓦斯生意，就得乖乖上課。

這沒問題。我好歹算是世俗標準裡的好學生，北一女、台大……別的不行，上課還行。

進電梯已經九點二十分了。我對著鏡子整理一下溼答答的衣帽，暗想：不會只有我一個人遲到吧。

即使遲到也要簽到。就怕大家繳了五千元的報名費，但是不來上課。

接過講義，拉開門，走進教室。

一個停格靜止的畫面，所有人都看著我，包括講台上拿著麥克風的老師。

「對不起。」我趕快在第一排坐下。

我心裡瞬間撲通撲通小鹿亂撞，倒不是眾目睽睽之下的遲到。

而是……

我是全班唯一的女生！

我還真想不起這輩子什麼時候有過類似的經驗。

國中高中都是女校。大學唸的是男生寥寥無幾的外文系。我、從、來、沒、有這種和二三十位異性一起上課的經驗。而且乍看之下，除了台上的老師，和屈指可數幾位和我年紀相近的「社會人士」，剩下的全是滿臉稚氣的小鮮肉。

他們似乎也一下子全醒了。揉著眼睛，一臉黏糊地看著遲到的我。

二十來張年輕的臉上，掛著一抹難掩的失望。

唉。我也很同情他們：全班唯一的女生，可惜年紀足以當他們的媽媽了。

我忍住笑，打開講義，拿出紙筆，準備專心上課。台上的老師好心指點：「我們講到第一章×××。」

因為身高，我從小就是坐第一排的體質，但是也練就了可以一臉認真，但是滿腦胡思亂想的功夫。

也許因為是一個下雨的星期天，也許因為背後有這麼多男生，也許因為時差，也許因為早上還沒喝咖啡……

台上銀幕投影明明寫的是「丙種職業安全衛生業務管理」，我眼前浮現的卻是三十多年前的巴黎左岸。

上一次像現在這樣，坐在教室裡上課的記憶……是一九八九年，法國，巴黎政經學院，簡稱 Science Po。

不像今天早晨緊張的按圖索驥，我閉上眼睛都能走到 Science Po：地鐵是巴黎第六區的聖日耳曼站，如果時間來得及，我一定選擇聖日耳曼教堂的出口，要是冬天，還沒出地鐵就可以聞到一股熱可麗餅的香甜味，Mmmmm……冒著熱煙的小攤子就在地鐵出口，不吃不買都要深深吸一口的溫暖甜蜜。沒幾步就是著名的 Café de Flore（花神咖啡），隔壁是同樣有名 Les Deux Magots（雙叟咖啡），再往前走就是 La Hune 書店，構成了聖日耳曼的文學金三角，可惜這家著名的老書店在二〇一五也熄燈關門了。繼續走，紅綠燈左轉過馬路，走進 St Guillaume 這條街，學校就在左邊的27號。

進了大門，一陣鬧哄哄的人聲，大廳裡匆匆忙忙趕著上課的學生……我鬆了一口氣，沒遲到！

大廳的盡頭是一個大演講廳，通常在這裡上的是大班的共同科目。來得早可以坐得前面些，晚一點就只能高高在上，坐在後排。

左邊是一整片的窗，窗外是中庭花園，看得見偶爾飛過的鳥群，和秋高氣爽的藍天。

我在這間以創校人 Emile Boumy 為名的大演講廳裡，上過好幾門課：歐洲近代史、經濟和地緣政治。我當年並不知道這間學校這麼有名，一九八九年到巴黎唸書的人少之又少，除了巴黎大學之外，並不知道有其他的學校。巴黎大學不用考試，申請就可以入學。Science Po 必須要經過入學考試。我當時只是想瞭解一下自己的法文程度，糊裡糊塗就去考了。入學考試考試就在這個大廳，有五百多名外國學生參加考試，我是被錄取的三十三人之一，Science Po 唯一的台灣人……也是第一個台灣人。

因為這個學校從一九八九年才開始招收外國學生。

Science Po 是法國最著名的初級文官學校。幾乎所有的教授都擔任過——或者還是現任的——政府公職。我很快就發現，上課的教室大小和官職高低成正比：教室越大，官職越高。所以演講廳裡往往是副部長級的資深政務官，或者是重量級的知名學院派教授。

官階也和他們的缺席程度成正比：官職越高，缺課次數越多；缺課次數越多，仕途越發亨通。

我記得一位負責歐洲共同市場（歐盟前身）的教授，他是當時總理席拉克政府歐洲事務副部長，常常缺課，但是每次上課都很精彩，毫不吝嗇和我們分享歐洲部長級會議的點點滴滴。印象最深的是，他說不管是什麼議題，無論談判結果如何，最最最重要的是峰會結束時的記者會，面對媒體時必須要滿臉倦容：這樣才能顯示真的是在談判桌上錙銖必較，毫不退讓，為了捍衛國家利益而筋疲力盡。

他上課總喜歡面對大窗：「即使談判過程非常順利平和，晚餐會議輕鬆愉快，各國部長不分黨派，也有默契務必要拖到深夜才能結束，不然民眾會覺得我們沒有努力爭取。」然後轉過來看著全班，雲淡風輕的說：「如果有一天輪到你們，男生記得要把領帶扯開，女生千萬不要補妝……」

果然是個文官學校。

環顧四週，我的法國同學們的確做好了官仕之途的打扮：男生大多穿著西裝打著領帶，提著一個像公事包的書包。女生則多半穿著窄裙高跟鞋，除了書包，再加上一個揹在肩上的小皮包。最令我覺得不可思議的，是不論男女，都是清一色的條紋襯衫！但這絕不是巴黎當時的流行時尚：因為只要出了Science Po，街上的紅男綠女也不是這麼穿的。更何況我也在巴黎大學待過：拉丁區的大學生，沒人穿西裝或是窄裙上課。Science Po 明明是一個不要求穿制服的學校，法國中小學也完全沒有任何制服傳統，結果這些雙十年華的少男少女，卻迫不及待地把自己包裝成熟男熟女的大人模樣。

我們三十來個外國學生也很好辨認：人數最多的是德國學生，衣著乏善可陳，他們總是最準時進教室的。其次就是美國同學，來自東岸的無分男女都很蒼白，而任憑冬天都要敞開襯衫領口露出小麥膚色的，是美國西岸的加州男孩：「我們必須捍衛加利福尼亞的形象。」

當年唯一全身上下皆是名牌的，只有一個人：一位日本女同學。那是上個世紀八十年代，廣場協議與經濟衰退之前的日本全盛時期。

才開學沒多久，十一月初，柏林圍牆就倒了。

平常每天下午五點左右，總有人到校門口叫賣法國權威性的《世界報》：Le Monde！Le Monde！我記得那一天，校門口一陣騷動，報紙一下子就賣完了。我們當時還不知道那是一個歷史時刻。接下來好幾天，那些準時進教室的德國同學都不見了，他們連夜搭火車趕回柏林，等他們再出現，我記得有個男生從書包裡拿出一顆，手掌般大小不起眼的石塊，歷史課的教授嘖嘖稱奇，讓我們在課堂上傳來傳去。

這是我和柏林圍牆的第一次相遇。

一九九〇年，歐洲正在脫胎換骨，從歐洲經濟共同體（EEC）進化成歐洲單一市場。開啟了人員與貨物之外，資本和服務業的自由流通。落實在商業層面，是一個歐洲各個產業開始跨國整合併購的戰國時代，醞釀著全球化的大洗牌。

風起雲湧，山雨欲來。Science Po 是那個時代的濃縮版。尤其是財經實務討論課的老師，都是大企業的管理菁英，高收入高顏值的年輕帥哥。我記得一位棕髮栗色眼睛的老師，叫做 Vincent，他當時正在負責法國雷諾車廠和瑞典 Volvo 的併購；另一位老師 Olivier 則是在高盛銀行工作，有著一頭微捲的金髮，每週來回於巴黎和倫敦之間，只要是他們兩人的課，小教室還沒上課就人滿為患。空氣中有一股老教授上課的大演講廳裡，所沒有的，蠢蠢欲動的興奮。

他們總是快步走進教室，全班頓時安靜下來。男生女生都目不轉睛地，看著他們脫下帥氣又不失優雅的毛呢大衣，秀出剪裁合身的三件式西裝，配上淡雅粉色或大膽撞色的襯衫領帶——金髮的 Olivier 個子稍小，總是打著領結——我敢打賭大家都想去雷諾和高盛實習，為的是要穿的和他們一樣。我的金融財經課，更像是我的時裝課。

小班的課都在樓上的教室。迷你版的階梯教室。從講台旁邊進門。大家同樣習慣先到的，往後坐。只有遲到的同學，不得不坐在前排。理論上如此。

但是我逐漸發現，越來越多的法國女同學，即使早早就到了，也立刻選坐在第一排。而且搶先從中間 C 位開始佔位。

然後進一步發現，即使是早上八點半的課，她們也是精心打扮。平常其他八點半的早課，這些女生大多是亂髮素顏，睡眼惺忪的萌樣。

走過第一排，香水撲鼻。

恍然大悟。原來第一排是戰區！

但是我不懂，明明進了教室，有了暖氣，她們為什麼都還穿著大衣？

大概是因為第一排，正對著教室的門，不停有人進出，開開關關，涼風不斷吧。

我在後排這樣想。

可是歷史和哲學討論課，她們沒這樣啊。小班歷史課的老師是一個法文版的伍迪艾倫，哲學課是一位女老師。

大家陸陸續續到齊，教室差不多滿了，熱烘烘地，第一排的她們還是無動於衷，穿著大衣。我簡直要替她們流汗了。

上課鈴響，第一排驀地一陣忙亂，她們不約而同地各自拿出粉底口紅，就著小鏡子補妝。

接著 Vincent 或是 Oliveir 出現了，英挺風發地走進教室，放下公事包，脫掉他們漂亮昂貴的深藍色或駝色毛大衣：「日安！大家都好嗎？」

然後，當我們後排忙著翻開筆記本，拿出作業準備上課的時候……

像是有人指揮一樣：第一排的女同學，忽然一股腦全把大衣脫了。

因為不會再有人進進出出了吧。我想。

如此這般，Vincent 和 Oliveir 的財經時裝課持續了整個冬天。這堂課不需要靠看窗戶發呆，全程賞心悅目。

直到有一天，我遲到了，趕到學校門口時已經打過鈴了，大廳走廊上沒什麼人了。我著急氣喘吁吁地跑上二樓，教室的門已經關上了。我在門外聽見 Vincent 的聲音，他在問大家上週的小考有沒有問題。我鼓起勇氣推開門……就像今天早上的遲到一樣。

「抱歉！」我對 Vincent 說。

然後趕快走上階梯到後排座位。

啊……

全班應該都看到我的表情了。

是我看到第一排女同學的表情。
她們全都脫掉大衣了。
我在後排看不見的，是一整排全員大方放送的，或是波濤洶湧，或是若隱若現，環肥燕瘦的低胸事業線。
壯觀！
原來不是為了開門關門的風口。
看來台上的老師，和我們一樣，同樣全程賞心悅目。
我記不得任何雷諾和 Volvo 的談判重點，也壓根忘了 Olivier 到底教了些什麼。但是那一學期，我每堂課都很開心。
遲到更開心。
我穿越時空，回到二〇二四年一月十四日的板橋：「丙種職業安全衛生業務主管在職訓練」……
台上的老師應該看到了我的表情：我回想起那一排女同學的表情。
糟糕！我收回笑容，坐直身子。脫掉大衣，才發現自己早上匆匆忙忙之間，隨便穿了一件套頭高領毛衣。

我的確是坐第一排的體質。但是我畢竟不是法國女人。

我又忍不住胡思亂想起來，如果是我當年的那些法國女同學呢？她們會穿什麼來上課呢？

脫掉大衣之後……

應該是露背裝吧。

因為重點是我身後的，一整間教室的青春年少！

考試

我不常做噩夢。

但總是做同一個噩夢。

我走進考場，找到自己的位子坐下。氣定神閒，胸有成竹。主考官發下考卷，我從容不迫，開始作答。行雲流水，振筆疾書。不消多時，就寫完了。抬頭看看周圍，其他人都還在埋頭苦幹。主考官看到我在張望，指指黑板上寫著的幾個大字：「不得提早交卷離場。」

我於是百無聊賴地逼自己重新檢查一次、兩次……然後就開始打哈欠，看著窗外發呆。

不知道過了多久……

一直到主考官說：「還剩十分鐘。」

我才無比震驚地發現，考卷翻過來居然還有背面的考題，一整頁空白！

然後我就嚇醒了！

即使我已經一把年紀了，即使我的人生和學院研究完全無關，我還在繼續做著同樣的噩夢。

不過最近一次做夢，的確是和考試有關：我上完「丙種職業安全衛生業務主管訓練」課程之後的證照考試。

台上的老師正在解釋職災的緊急處理程序。我翻開「丙種職業安全衛生業務主管訓練」講義，努力進入情況。三十多年沒坐在教室裡上課了，發現專心上課並不容易。

首先我碰到一個小時候沒有的問題：「舉頭望黑板，低頭思便當」的現代版，根本作廢。

抬頭看的是文圖並茂的投影，低頭看的是……沒有老花眼鏡就什麼都看不見的講義。戴著老花眼鏡，台上的老師和投影都成了血肉模糊的職災影片。

所以上課全程最忙的不是記筆記，而是不斷把眼鏡拿上拿下。

我身後的小鮮肉們，顯然沒有這個問題，與眼鏡無關：他們基本上不抬頭，不看螢幕投影。

他們全程低頭，只看手機。

要不然就是直接趴在桌上睡覺。毫不客氣。

結果明明是我最矮，坐在第一排，結果反而高人一等，唯一成了鶴立雞群，抬頭聽課的學生。

台上老師的年紀和我應該差不多，將心比心，實在不忍心讓他一個人拿著麥克風，尷尬地自說自話。我於是努力專心，不斷戴上眼鏡拿下眼鏡，認真聽課記筆記。

不但如此，我還發問。不是為了現場效果，而是真的需要老師解惑。

講義裡第22頁是「職業安全衛生法」第37條有關職災發生的調查、處理與報告。如假包換的原文如下：「在工作場所發生職災後，雇主應於八小時之內通報上級勞動檢查機構，指罹災勞工之雇主或受工作場所負責人指揮監督從事勞動之羅災工作者工作場所之雇主；所稱應於八小時之內通報勞動檢查機構，指事業單位明知或可得而知已發生規定之職業災害事實起八小時內，應向其事業單位所外轄區之勞動檢查機構通報。」

嗯……

全段一百三十三字，六個標點符號，最長的一句是三十八字。

這讓我想起法國人常說的一句話：「能把事情變得複雜時，為什麼要讓它變得簡單？」

我只想知道雇主的職責範圍。如果是設備簡陋不合規格而造成的，還是人為因素操作不當而引起的，還是因為個人因素諸如酗酒、失眠、藥物……而導致的，要如何判定等等。

提問之後，瞬間，大家都醒了。

我回頭一看，完全就是李安《少年Pi的奇幻漂流》裡的畫面：當Pi終於漂流到一個小島，那一群立正站好，張著雙眼迎接他的，動也不動的狐獴。

拿著麥克風的老師，也愣住了。

「妳再重說一遍。」

我重複了同樣的問題：「職災保險理賠的時候，怎麼界定雇主的職責範圍。」

一陣沉默。

然後老師很認真地看著我，說：「這題不會考。」

「妳只要記住要在八小時之內通報。這個會考。」

喔。

身後一陣小小的騷動。狐獴們作鳥獸散，低頭回歸手機，或繼續趴睡。

這是一個一共三個整天，每次七小時，有三位不同老師的課程。辛苦的是週末全天上課，好處是，所有我舉手發問，提出的疑難雜症都有同一個答案。

「這題不會考。」

那會考什麼呢？

中午休息時間，身後的小鮮肉們告訴我：「網上有很多考古題庫。」

看來進化的只有投影機和手機，唸書上課的真理永恆不變：只為了考試。

「那你們為什麼要來上課？」我是為了瓦斯廠，我對他們充滿好奇，看來都是年紀輕輕只有二十出頭，就已經是主管了嗎？

「學校要求的啊。」

「什麼學校？」

「台科大。」

原來這是他們台科大研究所的寒假作業。但是五千元的學費，對學生而言，不是一筆小數字啊。

「是學校出錢替我們報名的。」

哇！這麼好。台科大這麼闊氣嗎？

「因為我們畢業以後的工作就需要這個證照。」

「你們不是才研一嗎？」我很驚訝他們已經在談畢業之後的工作，鐵板釘釘的好像是明天就要去上班一樣。我的好奇無止境：「什麼工作啊？」

他們互相看了一樣，笑了。然後其中有一個人壓低聲音，說：「我們都會去台積電。」

哇。才二十出頭，人生就已經完勝規劃，一路康莊直行。果然都是人生勝利組。但是我不知道為什麼，有些說不出的心疼。

「台積電……那你們還交得到女朋友嗎？」

有一個坐在最後一排，正在喝大杯手搖飲料的男生，笑著說：「女朋友也會去台積電。」

然後大家都笑了。

我也笑了。所有問題，包括人生大事，都有標準答案。

但是這一刻，我真的笑不出來。

再過兩小時就要考試了。我捧著一疊阿彪幫我印出來的題庫，坐在前往板橋考場的捷運上，緊張的臨時抱佛腳。

完全就是我小時候，考試當天在公車上拿著課本，猛背英文單字和古文章節的，一模一樣的慘狀。

唯一的差別，是小時候沒有老花眼鏡的問題。捷運上，我在埋頭苦記題庫與抬頭確認站名之間，手忙腳亂。

唉。原來本性難移三歲看老，同樣適用於大考小考。

就這樣，我在上了三個週末二十一小時的「丙種職業安全衛生業務主管訓練」之後，終於迎來了證照考試。

考試前，負責檢查每個人身分證的人員，一再提醒各種注意事項：「千萬不要抄襲隔壁的答案，因為每個人的考題順序都不一樣。」

這是我第一次直接在電腦銀幕上作答。

一共是八十題。答完之後上傳，然後立刻就知道考過沒有。

我考過了！

走出考場，鬆了一口氣。除了可以順利拿到證照之外，我更開心，知道從今以後……

永、遠、不、會、再做那個噩夢了。

現在的考試，沒有考卷，不用翻面，不怕交白卷！

六十萬（下）——答案：面子

二〇二三年，驚天動地的情人節警匪動作大片上演之後，工廠辦公室的門上，和所有的灌裝機器上，都貼上了「禁止××瓦斯行在本廠灌氣，違者送警處理」的告示。這個告示當然不是貼給他看的，而是昭告天下，我出手了。

大家都很驚訝，議論紛紛。但是欠下的六十萬，要怎麼辦？

「錢要拿回來很難啦！」這是所有人的結論。

「好尬在沒有再欠更多。」這是所有人對我的安慰。

「妳又打不過他……」這是所有人對我的勸告。

他們說的都有理。因為欠的不是他們的錢。

我想了幾天之後，決定走法律途徑。我帶著所有已經開立給他的發票，和他的灌氣紀錄清單，透過朋友介紹，找到了一位羅東在地的廖律師。廖律師仔細翻看著我準備的資料，一言不發。好一會兒，他才轉過頭來，看著我，問了一個問題。

「請問郭強生是妳同學嗎？」

嘎？

這是他問的唯一問題。原來他是台大外文系的學長。

這場官司於是從郭強生開始。

因為剩下的都是一成不變按部就班的程序。

除了時間成本，當然還有金錢成本。律師費加上訴訟費用，差不多是十萬元左右。

「請問我們能拿回多少錢？」我問律師。

「不一定。」廖律師很直接：「通常不會是全部。」

即使不是全部，願賭服輸，我也要試試。什麼都不做的話，那等於是鼓勵所有人都可以欠我錢，然後再拍拍屁股走人，到別處繼續做生意，波瀾不驚。

回想起來，打官司就像在土裡埋下一顆種子。

只剩下等待。

但是這顆種子卻無法破土而出，因為我們找不到被告的地址。即使知道他住在哪裡，也查無此人。無法寄出存證信函。

「他明明就住在哪裡啊，我常常看到他的那輛 BMW 進進出出。」有一兩位好心的老闆偷偷告訴我。

「怎麼可能查無此人？」善良老百姓們百思不解。

因為他深諳遊戲規則，早就交代大樓管理員拒收任何信件……寄不出存證信函，就無法提告。

我簡直撞牆，想來想去，又回到派出所求救。曾經在情人節行俠仗義的陳所長，同樣清楚明白：「這是違法的，我們沒有法院授權，不能透露任何個資。」

坦白說，他的拒絕卻贏得了我的尊敬。好一個有所為有所不為的執法警察。

一兩個月過去了，在被拒收三次之後，終於可以向法院申請他的戶籍地址……種子開始發芽了。

五月了，天氣逐漸轉熱。瓦斯生意開始降溫。有空閑聊的老闆們，看到我總是不忘追問官司的進度。我搖搖頭，無可奉告。

「跟妳說打官司沒用啦，又浪費錢！」

「妳心太軟，那時候就應該抓他現行犯！」

「他在羅東四處欠那麼多人錢，也沒怎樣，還不是照吃照玩，打官司無較縒啦！」

「他不是沒錢，他就是不想還妳而已！」

他們都是在地人，我是外人。我只能相信法律。我也只剩下法律。

六月底，終於等到了第一次出庭。我一個人坐在宜蘭地方法院三樓的走廊上，等待。廖律師從他的公事包裡拿出黑色的律師服，穿上，坐在我旁邊。開庭前幾分鐘吧，他出現了。他一個人，沒有律師。開庭時間很短，只有十五分鐘左右。在個別身分訊問之後，庭上問他有什麼反駁之處。他的回答很簡單：「她偽造文書。」他指的是我交付庭上的所有開立的發票。

庭上問：「那你收了這些發票之後呢？」

他面不改色地回答：「就交給會計了。」

庭上再問：「交給你的會計報帳？」

他始終面不改色：「對。」

我憤怒地像一個就要爆炸的瓦斯桶，按耐不住，想舉手爭取發言，但是廖律師暗示我，有他在，輪不到我說話。

不過廖律師什麼也沒說，什麼也沒說。

就結束了。

七月……我有一份暑假作業：證明自己沒有偽造文書。

我找出了一年以來他所有的、每一天的灌氣紀錄，和所有的發票影本。一張一張的影印，再乘以三：法院、被告、原告各一份。八月的每一個周末，我都在一家小影印店裡度過。1、2、3、1、2、3、1、2、3……我數著不能漏印的張數，像是一首輓歌的節拍。1、2、3、1、2、3、……悼念那些因為這些紙張而犧牲的樹材。

第二次出庭是八月底的一個颱風天。我戰戰兢兢地頂著狂風暴雨，一公里一公里的，懸著一顆心，貼著方向盤，開往羅東。從停車場到法院的短短幾公尺，就已經被大雨炸得全身溼透。然後一身溼答答的坐在同樣的走廊上，等著開庭。廖律師從他的公事包裡拿出乾乾的律師服，穿上，坐在我旁邊。

這一次，他沒有出現。議事廳的冷氣吹的我直打哆嗦。

法官說：「被告某某某剛剛打電話來，說他肚子痛，無法出庭。」

啊，黑道人物也會在颱風天肚子痛……

這一次，律師代表我，向庭上解釋了這些灌氣單據的內容。

庭上第一次問我有沒有要補充的。我只簡單的說，我有二十幾家客戶，從來沒有一家說過我的單據是「偽造文書」。

九月了。另一家瓦斯行開始欠錢，已經高達三十幾萬。老闆才三十出頭而已。半年前接手家裡的瓦斯行，我為了支持年輕人，讓他欠了一些錢。沒想到他有樣學樣，還理直氣壯地說：「某某某欠妳六十萬，妳也沒怎樣啊。」

十月。第三次開庭。他依然沒有出現。是不是肚子痛，我不知道。

十一月底，判決出來了。勝訴。他必須要償還全額。廖律師說這是相當少見的。

然候呢？

「然後要等兩個月，法定允許的上訴期限。」官司結束了，律師的責任已了。

然後呢？

「然後再說吧。」因為律師費也只到此為止。

我送了他一本郭強生的書。彷彿這場官司也以郭強生做為句點。有始有終。

官司打贏了。但是我的六十萬，還是拿不回來。

他可以繼續在羅東吃香喝辣，我只會淪為一個笑話。

我決定拿著勝訴判決，自己去申請強制執行。需要再預支二十萬。

「這樣值得嗎？」有人問我。

「我有選擇嗎？」我問我自己。

我更想問的是，中華民國的法律能走多遠？

十二月了。瓦斯行的旺季。我又有了一份新的寒假作業：在宜蘭地方法院稽查處辛股、地政事務所、國稅局……之間穿梭奔波，幾乎佔據了我所有在羅東的時間。我像一隻只知道往前走，卻又不知最終目的的螞蟻。不能停下，不肯放棄。

好在年底是瓦斯旺季，大家忙得顧不得吃飯，沒有人再英英美代子來打聽我的官司進展，這場官司已經拖得太久，大家已經沒興趣追劇了。

二〇二四年一月。終於等到了查封他名下房地產的強制執行日期。法院書記官、地政事務所的土地丈量人員、警察全員到齊。在一棟老舊的二樓公寓門上，貼了告示。他不住在這裡。裡面住的是他的阿嬤。我滿心抱歉。

二月。法院書記官通知我可以查封他的轎車和貨車。但是必須在兩星期前，就告知警方，扣押車子的所在地點。我沒有私家偵探追蹤他的行程，難度太高。放棄。

於是我詢問，可不可以去扣押他的瓦斯桶？這是我前思後想，最簡單有效而不勞師動眾的方式。

「可以。」書記官說：「但是妳要自己準備拖吊車和鎖匠。」

我的天！看來會……非常勞師動眾。

拖吊車我理解，為什麼還要鎖匠？

「因為妳拖吊了他的車，之後還車的時候，如果他說他車上原來的二十萬現金呢？」書記官解釋道。

他絕對會說我偷了他的二十萬，不，五十萬現金。我立刻約了鎖匠。

地點很簡單，就是一年以來他投奔灌氣的另一家分裝廠。

三月初，我約好了的拖吊車、鎖匠、和租來的貨車（要載運扣押的瓦斯桶），由警車和書記官的法院車輛開道，一行浩浩蕩蕩地，來到那家分裝廠。

那位分裝廠的老闆，當然被這個陣仗嚇到了。我們算是認識，他在去年過年時，帶著茶葉來過工廠拜年，還和我大談爸爸和他的交情如何如何。是他向我解釋了什麼是分裝廠之間，「欠錢不收」的默契。

他一年前沒有告訴我，原來「欠錢不收」的下聯是「給錢就收」。

橫幅則是：「妳的我來收」。

書記官拿出公文，向他解釋，我們只是要來扣押那家敗訴瓦斯行的瓦斯桶。

他只能靠邊站。然後笑嘻嘻的打圓場：「何必這麼麻煩！王小姐打一通電話來，就好了嘛！」

但是我笑不出來……

因為折騰了大半天，拖吊車、鎖匠根本派不上用場，他的人車都不在。但是租車費用還是要付的。一共七千五百元。

而當下在台子上，只剩下……七個桶。全是空桶。破銅爛鐵估價根本不到三千元。

我垂頭喪氣地請人把這七個桶拉回工廠。放在儲藏台上。七個瓦斯桶上寫著鮮紅的瓦斯行名稱。明明應該是我的戰利品，卻狼狽淒涼地像是我的祭品。

幸苦忙碌了一年，花了那麼力氣，灑了那麼大一張網，只撈回七個破桶。

天黑了，像一塊遮羞布，讓我可以暫時的逃離。我一下子覺得好累，好荒謬。想哭，卻沒有眼淚，想找個角落躲起來，卻無處可去。

那七個被鐵鍊串鎖在一起的瓦斯桶，第二天，當然成了所有客戶最新鮮的八卦話題。

「早就跟妳說打官司嘸路用的啦！」

「這幾個破桶，賣不了多少錢啦！」
「他還不是照樣別處繼續做生意！」
我打斷他們，請他們傳話：「你們如果碰到他，就幫我轉告一下，我會繼續奉陪到底。」
話是這樣說，其實我自己茫茫然，不知道下一步該怎麼辦？
我想起那棟老舊公寓裡老阿嬤一問三不知的眼神，我想起那家分裝廠老闆無關痛癢的表情，我想起那個對我說「人家欠妳錢，妳也沒怎樣」的年輕老闆……
我沒有別的選擇。我只能堅持相信法律，我只能繼續走下去。
沒想到三月底，打電話來的是法院的書記官。
「他打來法院，問妳的手機號碼，說要和解。」
「請不要給他我的手機號碼，我不要和他單獨通電話，要和解就在法院和解。」
我百思不得其解，他為什麼忽然願意和解？我大舉出動去扣押他的瓦斯桶，幾乎一無所獲的結果，我以為已經淪為羅東全瓦斯界的笑柄……

難道這反而讓他面子上掛不住？

四月初。我於是又回到那個法院的議事廳。書記官建議我要求他，以分期付款的方式償還債務。

「但是不要拖太久，不要超過兩個月。兩個月之後，可以繼續進行強制扣押。」書記官提醒我。

這是我在去年夏天首次出庭之後，第二次看到他。

庭上法官和書記官簡單地唸了公文。然後問他要怎麼和解。

「一共多少？」他問。

連訴訟費用和欠款利息一共是六十二萬八千六百三十八元。

書記官問：「你準備怎麼償還？」

他站起來，打開身上那個斜背包，拿出一大疊鈔票，放在桌上：「現在就結清。」

輪到所有人傻眼。

庭上沒有數鈔機。應該從來沒有人會帶著全額欠款來和解吧。

結果是我一個人在眾目睽睽之下，緊張地，一張一張的數了六十幾萬的現金。

然後就結束了。

我主動伸出手，要和他握手。

他嚇了一跳。猶豫了一秒鐘，也伸出手。算是握手結案吧。

走出法院，我抱著那一袋來的太突然的鈔票，有些恍神。銀行已經關門了，沒法現在去存錢。我只能帶著這些錢，先回工廠存在保險櫃裡。

我沒有想像中的雀躍開心。因為我從來沒有想過，真的可以拿回這筆錢。

我要的不是這六十萬。

我要的，是可以安安分分做生意的，那一份尊嚴。

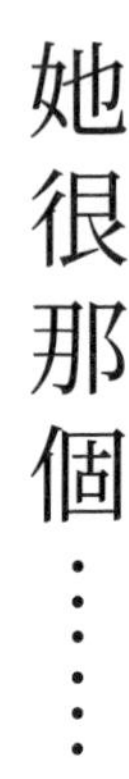

她很那個……

老闆娘。

一開始，他們都這麼叫我。「他們」包括我的員工，和各家瓦斯行的老闆。

我也說不出哪裡不對勁，但我總覺得怪怪的，很不習慣。

倒不是因為是我這輩子第一次當老闆，而是……那個「娘」字。

為什麼不直接叫我「老闆」？

「因為王老闆才是老闆啊。」阿峰這樣回答我。他說的是爸爸。

「我也姓王，現在我是老闆啊。」

「可是妳是女的嘛。」另一位員工小康這樣回答。

女生就不能是「老闆」，只能是「老闆娘」？

感覺上「老闆」才是貨真價實的老闆，「老闆娘」有可能只是老闆的家屬，名不正言不順的。

「請你們不要叫我老闆娘。」也許他們也不習慣喊我老闆，何必強人所難：「就叫我大姐好了」。

這樣要求我的員工也不過分。但是客戶就不一樣了，我總不能勉強客戶喊我「大姐」吧。

「王小姐」呢？

相比之下，我還寧可他們喊我「老闆娘」。「小姐」似乎更不合適，好像我只是個遊客似的。

連稱呼都是問題，是因為這裡進進出出只有男性，全是老闆，而老闆娘大多是在家裡負責管帳的妻子，不會來工廠。除了一位偶爾短暫出現在工廠的會計小姐，我是唯一的女性。

這和我去接受職訓時，是教室裡唯一的女生不一樣。上課的時候我就是學生，不需要和其他人互動，性別不是那麼明顯。

瓦斯廠是一個常態性的工作環境，「我是唯一的女性」這個現實，不只是表現在稱呼上，也反映在其他方面。

最明顯的是我的衣著。活到這把年紀，從來沒有像現在，為了去工廠怎麼穿衣服而傷腦筋。

有道是女為悅己者容，yes and no，我怎麼穿著打扮，一則看我高興，二則看對象環境。

但是這個瓦斯廠對我而言，根本就是個戰場：有人穿長裙高跟鞋上戰場嗎？呃……其實在我回台灣之前，有差不多十年的時間，我的工作主要是策展，長裙高跟鞋晚禮服，曾經是我的職業戰場必要時的標配。

但是現在，羅東是我的新戰場。

一個我不懂的行業，一群我不認識的人，一個我聽得懂卻沒法流利交談的語言，一個我不熟悉的環境。我是唯一的女性，而且我是老闆。

這是一個奇怪的方程式。打亂了我對自己一貫的認知：我是誰？我希望他們怎麼看我？「我是老闆」和「我是女老闆」之間，有什麼差異？

我雖然不是那種出門前要花時間精心打扮，隨時要拿著化妝包粉盒補妝的精緻芭比，但是也不是完全不照鏡子的女生。一般職場女性的穿著，這裡完全不適合。我的客戶都是自己扛瓦斯桶的辛苦勞工，我尊重他們，也希望被尊重。

但是贏得尊重和打扮漂亮，在這裡似乎完全互斥。

誰能告訴我為什麼？難道為了想要當「老闆」而不甘心被叫「老闆娘」，所以必需要在衣著上除去所有女性化的元素？如果我剪成一頭短髮、也抽菸嚼檳榔、滿口三字經……他們就會平起平坐地喊我「老闆」了嗎？

這輩子我第一次意識到身為女性的矛盾。

結論是我從來不穿裙子去工廠。冬天就是一件長袖外套，一條深色牛仔褲。夏天就換成一件短袖T恤，和布料薄些的長褲，腳上則是一雙球鞋。不施胭脂，不搽香水。每週去羅東工廠的穿著，就像是戒嚴時期的學生時代，每個週一必須要穿的卡其軍訓服。

穿上了軍訓服，自然就進入了戰鬥模式。

其實如果真有選擇，我真想戴著拳擊手套和頭盔去工廠，誰敢欺負我，誰欠錢不還，就給他一拳！

夏末秋初的某一天，一輛紅色跑車唰一下地停在我的辦公室門前。車上下來一位穿著時髦的年輕女性。她直接走進了辦公室。

「妳就是老闆嗎？」她看來有些驚訝。

「妳好！請問妳是……」

「我是某某瓦斯行。」

哇，她是瓦斯行老闆！

怎麼可能？

她穿著一件合身的白色印花T恤，袖口領口滾著粉紅的細邊，一條刷白褪色的緊身牛仔褲，繫著低腰寬皮帶，頭髮扎成馬尾，戴著一頂粉紅的鴨舌帽，腳踩著一雙名牌球鞋，臉上則是淡淡的粉妝。整個辦公室頓時鮮豔活潑起來。

「好漂亮的瓦斯行老闆！」我衷心讚嘆。同時又有些自慚形穢……我的軍訓版工作服實在是無聊的沒得比。

「瓦斯行是我爸爸的，他退休了，現在是我負責。」她笑著說：「他們都叫我瓦斯小公主。」

同樣也是接手父親的事業，她絕對是公主級的打扮和氣勢！

「妳自己送瓦斯嗎？」看她的打扮，我不敢相信。

「我有司機。」她說：「不過真的忙不過來的時候，我也會幫忙。」

我嘖嘖稱奇，佩服不已。

「我先來看看你們的環境，我想換來你們家灌氣。」她不疾不徐地說。

天啊，她不是小公主，她簡直是騎著駿馬來救我的白馬王子！我不敢相信自己的耳朵，天上掉下來的新客戶！

慘淡經營了一年多，我只碰過欠錢不還就拍屁股走人的奧客，碰過倒閉收攤的瓦斯行，碰過年老體衰無人接手的高齡客戶……都只有流失，我既沒有搶別家生意的本錢，也沒有開拓新客源的能力。

驚喜之餘，我不想多問她為什麼要換分裝廠，但是我得確定她不是因為債務虧欠，而要另起爐灶。

「當然不是！」她氣場十足地說。

我也很直接：「妳別介意，因為我有這種欠了錢跑去別家的奧客。」

「我們從來不欠錢，都是月底付現結清。」

「那就好。」

女人對女人，只要不是情敵，立刻可以惺惺相惜。

「妳平常都穿這麼漂亮？」我直接問了我最想問的問題。

「王姐，妳別看我穿這樣，忙起來我也可以下去幫忙滾桶。」她一本正經的再說一次。

就是！這才是公主！

我們簡單討論了她每個月的氣量、價錢、司機的工作時段等等，剩下就是要替她在灌氣台上騰出一個作業位置，可以放置她的瓦斯桶。

「走，我們現在就上去看看。」

女人談生意，不需要靠吸引力，簡單容易。

就這樣，瓦斯小公主成了我的新客戶，她們家的小卡車開始每天忙碌地出入工廠。倒是其他的瓦斯行老闆們開始議論紛紛。

「這家不小喔！」

「算是老瓦斯行，做很久了！」

「他們家不錯啦。」

「恭喜妳啦！歹的去了，好的來了。」

因為安排新客戶的作業空間，稍許會影響到周圍其他瓦斯行，我還擔心有幾位老闆會有意見。

「還好啦。」大家都還算客氣，起碼沒有人抱怨。

「沒想到來了一個這麼漂亮的瓦斯公主！」我終於碰到一個女性同業了。和一位漂亮女性共同工作，總是挺賞心悅目的，不是嗎？

一位瓦斯行老闆若有所思：「她很……」

「她很漂亮！」我搶著接話，我已經習慣了他們跟我講話時，從台語調換成國語的慢半拍。就像我偶爾講台語的時候，他們會主動替我補上辭不達意的支支吾吾。

「她很那個……」他顯然欲言又止。

「哪個？」

「她很……潑辣。」後面兩個字是用國語說的，清清楚楚。

「潑辣!?」輪到我瞠目結舌。

這是什麼意思？

據我所知，她加入之後，沒有發生任何口角和糾紛，我也沒有聽員工提起，她和其他客戶之間任何違和的摩擦。何來「潑辣？」

是指她行事俐落，鐵腕管理？是稱讚？還是貶謫？

「潑辣」的男性同義詞是什麼？我想了半天，沒有答案。

我查了國語字典，明文寫著：「潑辣」是「凶悍不講理的人，多指女性；謂做事勇猛、有魄力」。

原來女性「做事勇猛、有魄力」就是「凶悍不講理」……

這位瓦斯小公主，絕對沒有半點「凶悍不講理」，她只是沒有以打情罵俏，或是嬌聲嗲氣來敦親睦鄰罷了。

我和她分別以不同的方式，各自摸索如何在這個清一色的男性行業裡，贏得應該的尊重。

她選擇了忠於自己，悅己而容，不為取悅任何同業男性，她衣著時髦打扮美豔，不是為了操弄吸引力。她繼承父業，的確是瓦斯小公主，但絕對沒有公主病。賣瓦斯，她不靠顏值魅力，她靠的是實力。

我選擇了抹去所有外表衣著上的女性元素，即使碰到困難，也不肯退縮。即使被欺負，也拒絕認輸。不是因為工作時穿著樸素，就是個蒼白溫馴的小女人。做生意，我還沒有足夠的實力。我只能拼命努力。

也許他們也在背後說我很潑辣吧。

無妨。我寧可當一個潑辣的老闆娘，也不願意為了做生意，委屈自己去討好任何人。男人。

離開工廠，我絞盡腦汁，一路上在尋找「潑辣」的男性同義詞的堅持不懈中，開車回台北。

出了最後一個石碇隧道，台北下著不小的雨。

我沒有找到同義詞，但是找到一個停車位！

不過就在我打後車燈倒車，要開進停車格的時候，後面忽然出現另一輛車擠了上來，不讓我停，顯然也是看上同一個停車位了。

我很累了，又下著雨，我真的不想讓。

後面那輛車也完全沒有知難而退的意思。

互不相讓，我們就這樣，在那個珍貴的停車格左邊，一前一後的僵持著。

一分鐘。兩分鐘。

這是一條不算寬的巷子，有兩個車道。我們雙雙堅持的結果，是來往的車只剩下一個車道。

……三分鐘。

我鐵了心，下車，沒打傘，淋著雨走到後面那輛車，一輛黑色的日產大轎車。我敲敲車窗。

車窗搖下處，是一位看起來三十來歲的壯漢。

我想都沒想就說：「是要打一架嗎？」

我沒有笑，但這絕對是我這輩子講過最可笑的狠話。

沒想到他毫不驚訝，淡定地說：「我也在等這個車位。」

「我沒看到你打燈。我可不是超你車搶這個車位的。」我振振有詞。

「好吧。」他沒法反駁：「那麼我們來剪刀石頭布。」

「幾次算贏？」我問。

「一次就好。」他也不囉嗦。

於是我深深吸了一口氣，閉上眼睛，出了……「布」。

我贏了！

他二話不說，關上車窗，開車走人。

我全身溼答答的，在雨中微笑，得意地把車停好。

潑辣的感覺，真爽！

作文比賽

星期二通常是我值班。

晚上八點多了，夜市和餐廳的主要送氣時段已經過了，我收拾熄燈，和狗狗說再見，準備回台北。

我拉上鐵門，離開工廠，留下兩隻嗚嗚嗚委屈不捨的狗，穿過漆黑一片的墓仔埔，和人車稀少的小鎮，向交流道開去。

晚上車少，精神好的話，十點以前可以順利到家。

我的手機突然響了。一個不認識的號碼，但是前碼是03，這是羅東的號碼。

「大姐，我是阿明，妳已經離開了嗎？」

「對呀，有事嗎？」我很驚訝，阿明是一家瓦斯行老闆，可是他不做餐廳和夜市的生意，從來沒有在傍晚以後來拿過瓦斯桶。

「對不起，妳還可以繞回來嗎？」他的口氣很著急。

「好。」反正我還沒上交流道：「不過你要等我十分鐘。」

等我再繞回工廠，遠遠已經看到他的小貨卡，亮著車燈在等我。我開了鐵門，我們一起開進工廠，兩隻狗活蹦亂跳，簡直驚喜的不知如何是好。

我們一起上了工作台，我很好奇發生什麼事，他突然晚上跑來加班。

「沒有啦，因為是小月，比較有空。」他一面滾他的桶，一面解釋：「想要趁暑假帶小孩出去玩幾天。現在先多拿一點，明天早上就不用來拿，上午送完就可以直接去機場。」

「這是好事！應該應該。」我很高興自己還來得及繞回來，沒讓他撲空：「要去哪裡玩呢？」

「我們要去澎湖，這裡都是山，想帶他們去看看不一樣的海。」阿明每次都主動和我說國語，他身材高瘦，眉清目秀，講話不疾不徐，從來沒見過他吃檳榔或是抽菸，照一般目測標準，真的不像是瓦斯行老闆。也只有他和阿達會喊我大姐。

「哇！澎湖，我也沒去過。」我好羨慕。

「大姐去過那麼多地方了。」他停頓了一下：「也想順便帶他們坐坐飛機，是第一次。」

我豎起大拇指。真心羨慕的，也許不是沒去過的澎湖，而是他們全家出遊的假期。

暑假是小月，可是爸爸從來沒有休息過。媽媽是公務員，那是一個連星期六上午都還要上班上學的年代。我們的暑假就是全員放牛吃草，在眷村裡從白天玩到天黑，一整天的過五關、官兵捉強盜、躲貓貓、排隊等著騎唯一的一輛腳踏車、打一顆漏氣的籃球、追一隻倒霉的狗……像一群放山散養的小土雞，野到天黑了才各自被父母呼喊捕捉趕回家。

我有和各階段學校老師同學出遊的記憶，卻沒有和自己父母家人、弟弟妹妹一起旅行外宿的記憶。一直到這一刻，在知道阿明全家要去澎湖的這一刻，我才清楚地意識到，「全家旅遊」是我這輩子的一個記憶缺口……

「你是一個好爸爸。」我很認真。

「大姐妳也不容易，我們有看到妳的堅持。」這是第一次有人這樣直接對我說。他們應該都知道官司勝訴的結果。我一下子不知道怎麼接話。

他突然停下手上的忙碌，一臉興奮：「要和大姐分享一下。」他拿出手機：「這種事也只能和大姐分享而已。」

手機螢幕出現一個國中大禮堂，上方懸掛著一條長幅燙金字的紅布，台上站著幾位穿著制服領獎的學生。我沒戴眼鏡，看不清細節。

「我兒子拿到宜蘭縣國中組的作文比賽第一名！」他驕傲的說。

「啊啊啊！」輪到我激動地尖叫，嚇得兩隻狗也此起彼落焦急地汪汪大叫。

「太厲害啦！一定要給吳小弟一個紅包。」

「大姐這樣會不會太誇張！」阿明有些不好意思：「其實我真的看不懂他在寫什麼。」

「寫什麼沒關係，寫得好才會得第一啊！」我其實也很感動：「你有他的文章嗎？可以轉發給我嗎？」這不是客套話。我真的想讀這個小小作文冠軍的大作。

「好，我忙完找找看，再發給大姐。」他還是有些保留：「看大姐是不是看得懂。」

「謝謝你告訴我這麼好的消息！我這一路開回台北都不用喝咖啡了！」

叮咚叮咚，我在回台北的路上收到了這篇文章。我很好奇這個尷尬年紀，在羅東成長的青少年，他們眼裡的世界，他們夢想的未來，他們關心的人事，他們熱衷的話題……我也想起自己的慘綠少女時代，有時候明明功課考試疊了一大落，還是狠心把書包一扔，抱著日記悶頭猛寫。那個已經知道自己的童年結束了，但是還無法接受自己身體奇怪的變化，臉上冒出那些令人想跳樓的痘痘，又不認識自己未來的長相……的焦慮、惶恐、害怕，一股腦的全吐在日記裡。起碼在日記本裡，沒有框框格格的單選複選填充題，沒人打分數。每個青少年，都是脆弱易碎的。然後找一個沒有人注意的安靜角落，想辦法偷偷地把碎成一地的自己，努力的沾黏回來。

長大真的不容易。在羅東鄉下長大，是不是更辛苦？

打開吳小弟的作品。題目是「何謂真實」，竟然是一則短篇小說。

你的眼前只有一片黑，沒有時間、沒有空間、更沒有「我」，這難道是死亡的感覺嗎？

但是你卻能感覺到粒子正在不停的收縮、吞併、交織、最終成為了與現實別無二致的，如真實般的「虛擬」。

哇……令人震撼的開場，像一把冰冷的白刃。

我也欣賞最後的收尾：

研究員：「當真實的感受失去了意義，那『真實』便是最虛偽的渴望。」

你看到研究員的身影便激動的向其走去，像表達自己的觀點，但他的話卻比你快了一步。

研究員：「看看你自己吧。」

你下意識的看向自己的雙手，卻……不見哪怕一絲蹤影，取而代之的是如螢火蟲般絢麗的光點，你感覺……自己正在消失。

研究員：「你已經沒有任何利用價值了。」他冰冷的說出了這句話。

你看著自己逐漸消散的身體，心中出現了一個更大膽的假設，一個哪怕是誰也不能接受的假設。「難不成……我也是假的……」，他沒有回應你，只是冷冷的看著你。

在你迎來真正死亡的前一刻，你問出了最後的問題：「如果為所經歷的一切，包括我都是虛假的，那何謂真實？」

你問完了這句話後，便永遠的……永遠的……聽不到答案了。

「小小年紀卻有個成熟的老靈魂，寫得真的很好。」我回了一個簡訊給阿明。吳小弟安靜的鋪陳，單刀直入地帶讀者進入虛實之間的內觀。而且拿下國中第一名的小說，居然不需要政治正確等八股作文，的確也讓我大開眼界。十四歲的吳小弟，讓我想起卡夫卡，想起莊周夢蝶，想起唐吉軻德……想起我賣的，摸不到看不到卻一點就火的，瓦斯。

不論他將來會不會繼續寫作，徵求了他的同意容我轉載他的小說片段，為他留一個紀念。有一個素昧平生的阿姨，真心喜歡這篇小說，鼓勵一個羅東的少年作者。

這個作文比賽是真實的，就像我去農會——也就是銀行——買真實的雞蛋和香米，帶回台北一樣。農會主任還會塞給我一小袋剛摘下的酸棗：「嚐嚐看，剛摘下的，別的地方沒有的。」

別的地方沒有的。

在全球化巨輪的碾壓下，所有人都吃著同樣的麥當勞，喝著同樣標籤的可口可樂，聽著一成不變但是魔音洗腦的 K-Pop，模仿著同樣的舞步，穿著同樣的服裝品牌，看著同樣空洞的好萊塢大片……在「與國際同步」的光環下，我們甘心成為一個全球化標準人設的消費者。

羅東是真實的。不是手機裡滑出來的遙遠偏鄉，不是抖音裡蹦出來的宣傳橋段。在全球化的巨浪裡，我彷彿得到了一把通關的秘密鑰匙，發現了一個沒有被巨浪淹沒的化外之地。他們大多還是辛苦的日出而作，日入而息，無論是靠天吃飯的農民，靠海的漁民，還是工人，都還是勤勤懇懇地靠著勞力汗水討生活的老實人。

羅東有一股天塌下來，有「別的地方頂著」的安定。

再安定的地方，也有婚喪喜慶。

有一天下午，我忙著算帳，阿達走進我的辦公室，我以為他要跟我要發票。

「還沒弄好喔，」我很不好意思：「我動作比較慢。」

「不是要發票，」他欲言又止，面有難色：「我有事情要請大姐幫忙。」

「沒問題，請說。」我停下手中的工作。

「這個不好說。」他一直抓頭髮，繞著小小的辦公室走來走去，不肯坐下。

「這樣很難幫你喔。」

「要拜託妳幫我寫一篇作文……」他支支吾吾的說。

「你要去競選瓦斯工會會長嗎？」我很驚訝。

「欸……不是。」這就是羅東男生的可愛，言簡意不賅。

我抱起雙臂，好整以暇，微笑看著他。

他又繞了好幾圈，終於說：「要拜託妳幫我寫一篇……婚禮致詞。」

啊，這可是我在羅東的第一場婚禮呀。誰誰誰？在哪裡？什麼時候？男方女方？我心裡頓時興奮好奇地湧出一大串問題泡泡……不過在羅東一年多，我別的沒學會，學會了面對羅東男生時，全得把問題泡泡一個個硬生生的吞回肚子裡。

剩下一封比簡訊還短的，電報：「妳女兒？」我知道他有兩個女兒。

「我姐姐的。」他的電報式回答。

「為什麼是你？」五言絕句。

「我姐夫走了。」

原來如此。他會是重中之重的女方家長。

「你和新娘熟嗎？」

他搖搖頭。「完全不熟。過年過節團圓的時候，我都在送瓦斯。」

哇，這是他今天說過最長的句子。簡直是一部極短篇。

「婚禮什麼時候？」

「八月底。」我看看日期，還有近兩個月，絕對來得及。

來得及以電報的方式和字數，耙出一些阿達舅舅和新娘的回憶和故事吧。

我錯了。

兩個禮拜之後，我終於接到了一封電子喜帖。

除此無他。

知道了新娘的芳名，有了一張美麗幸福的臉孔，可以開始想像她的婚禮。想像她在羅東的童年，想像她離鄉背井到台北求學工作，戀愛成婚的人生轉折。想像阿達是她含蓄低調，最親近卻又陌生的舅舅。想像電報風格的阿達，要代替新娘的父母，昭告天下他是新娘的不可撼動的靠山，又要婉轉教誨新郎，疼太太才是贏家。

這也是我在羅東的作文比賽。

我想像這場虛虛實實的，我看不見卻又置身其中的婚禮。心裡充滿喜悅與感謝。

感謝這份詞不達意的信任。感謝我和羅東的緣分。

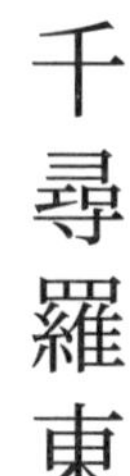

千尋羅東

好朋友小龍，正在考慮要不要提前退休。

他是一位建築師，在紐約著名的建築事務所任職，重聚喝咖啡聊天時，談到他退休之後的人生計畫。我們都很羨慕他。

可是他卻一臉愁容。怎麼回事？

「因為……我都要退休了，可是我還是不知道，我長大要做什麼？」

哈哈哈我們全都笑歪了……

然後一陣沉默。各自陷入了沉思。

可不是嗎？如果工作就是自己終生喜歡的志業，為什麼要提早退休？

從小的通才教育，是把我們圈進一個所有人都朝著同一個方向前進的系統：

唸書、考試、篩選、進什麼學校，唸什麼科系……畢業後是否繼續出國留學、再拿一個學位來加持第一份工作的起薪、尋覓一份可以滿足經濟供需的工作、成家立業、結婚生子，已婚女性還要評估生育小孩對工作升遷的影響，大多數男性則進入一個只能拼命往前，不能後退求敗的單一賽道。

很多時候，我們的人生是被分數決定的。而這些分數不過是我們在某一個年紀，某一個時期，因為碰到了一位好老師，因為生活在一個鼓勵唸書學習的環境，因為溫馴乖巧，因為聽話服從，讓我們吞嚥了一堆——很多時候除了為了考試——沒有別的意義的知識。然後考試成績決定了我們的人生選項，定位了我們被待價而沽的社會條碼。

在這個系統裡，我是所謂的人生勝利組。但是我真的沒想到，即使我不知道長大要做什麼，但萬萬想不到會去羅東賣瓦斯。接手經營這個破舊的瓦斯分裝廠，曾經讓我身邊絕大多數同溫層的朋友們，百思不解，搖頭反對。

「妳瘋啦？離開歐洲，就為了這個廠，回到台灣？」

「不只是為了這個廠，也是為了照顧開始失智的媽媽。」我想辦法合理化。

「妳對瓦斯什麼都不懂，又人生地不熟，怎麼接手？」

「我當年去歐洲的時候，還不是一句法文也不會講，誰也不認識？」我繼續反駁。

他們說的都對，但是對我而言，都快六十歲了，還有機會做一件從來沒做過的事，去一個陌生的地方，去整頓一個工廠，難道不值得試一試？

都說是活到老，學到老。為什麼退休了去學烹飪、學插花、學語言、學潛水、學畫畫就值得被羨慕嫉妒，學著去經營一個瓦斯分裝廠，就只能被搖頭嫌棄？

「而且我是老闆耶！」當然，我的虛榮很廉價。

但是我的好奇心無價。

其實說穿了，我離開的不是歐洲或是台北，而是我的舒適圈。如此而已。

什麼都不懂，什麼人都不認識，某種程度上，起跑點歸零，我也沒有任何包袱。這個年紀，最過癮的輕鬆，就是不必裝出「我走過的橋比你走過的路……」那種老娘什麼世面沒見過的倚老賣老，就是臉上明白寫著「我就是個瓦斯白痴」的，那份傻。問再笨的問題，都不會臉紅的理直氣壯。

倒是有一種輕裝上陣，單騎走天涯，隻身闖蕩江湖的痛快。

「單騎走天涯」……古人有GPS嗎？

我才赫然發現，自己除了是一個如假包換的「瓦斯白痴」，我也是個路痴。剛開始幾乎一兩個月，我沒有一次是順利到達工廠。每一次都走錯：上錯交流道、下錯交流道、到了羅東找不到工廠（GPS到墓仔埔就像到了太平洋）、每條鄉間小路都似曾相識……

好不容易到了工廠，我已經筋疲力盡。

所以到羅東的第一個挑戰，是放棄GPS，笨笨地用最原始的方式認路，一次兩次三次……我也不記得開了多少次，才開始覺得駕輕就熟。

等到我可以輕鬆上路，路程不再是個痛苦的經驗，我就看到了GPS上沒有的，風景。

到羅東要經過四個隧道：石碇隧道、烏塗隧道、彭山隧道、雪山隧道。最短的是烏塗隧道，只有二一六公尺，著名的「雪隧」則長達一二．九公里。

我也不知道是從什麼時候開始，開車去羅東，慢慢成了一件我每週期待的事。只要進了第一個石碇隧道，我就忍不住興奮起來……等待的是出隧道的那一剎那的驚豔：山！山！山！

台北的水泥森林和高樓大廈被甩在腦後，石碇隧道出口，迎接我的是方圓三百六十度的墨綠山景，狂野濃烈的像一幅油彩。台灣北部亞熱帶的雨林茂密毫無空隙，晴天裡彷彿一叢叢巨大無比的綠色花椰菜，圓凸飽滿的讓它們充滿了一種活潑的喜感，陰天時更像是一隻忽隱忽現伸手可及的綠色毛獸，任憑我再累再睏，都為之震撼。

然後開進下一個隧道，就像投入這隻怪獸的懷抱。

出了第二個和第三個隧道，山的距離遠了些，天空開闊了許多。是南下國道五號的高架部分，蜿蜒在群山之中像一條白色的緞帶，遠遠近近的山巒綿密交錯，但逐漸轉為柔軟和緩，輕快地預告著下一幕的風景。這一段路，總是會讓我想起李白《下江陵》裡的那句：輕舟已過萬重山……我的小車是一葉駛向太平洋的輕舟，是一匹回歸青山奔騰如風的翩翩駿馬，是一隻破籠而出展翅飛向大自然的小鳥……

我放肆高歌，我大吼大叫，我自言自語，我胡說八道。

我微笑。

接著是長長的雪隧，群山之下的一個謎。因為謎底總是出人意料。出口是一個彎道，所以遠遠就看到一道灑在牆上的日光線軸，那道光軸越來越亮，越來越粗，直到隧道盡頭的那一束光，我加速奔向光團……

倒吸一口氣，豁然開朗。

眼前是寬闊平坦的蘭陽平原，太平洋在我的左手邊，謎底揭曉處往往是和台北相反的天氣：台北豔陽高照，宜蘭就飄著雨。陰雨綿綿的台北，往往是宜蘭的大晴天。

在遠處雲霧繚繞間，隧道之前狂妄不羈的山景，退居為背景的波浪山線，溫柔地包圍著蘭陽平原，成了一幅淡雅的水墨。碧海青天之間，紅塵煙火人家，國道西風瘦馬。朝陽升起，我開進這幅百看不厭的畫。

開始看得到風景，我也看到了自己。

這條只有六七十公里的路程，曾經是一條令我緊張痛苦的路，我覺得自己像是要去一個野蠻之地充軍，要去面對一些充滿敵意的牛鬼蛇神……要開多少趟才能馴服這條雪隧謎獸？才能克服我自己的恐懼與壓力？才能戰勝我的挫折與失敗？

我不知道。只能一次又一次的繼續上路，一個人赤裸地面對自己的孤獨。

剛開始是為了害怕打瞌睡，為了紓解緊張，我開始聽一個全程不用轉換，長達一小時，也沒有廣告置入的廣播節目，一個冷門的法文 podcast：法文廣播電台文化頻道，一系列的歐洲當代大師講座。

三十多年前，我初到歐洲，辛苦地著啃讀法語，無法完全理解的作品和經典書籍，沒想到竟然在這段去羅東的山路上，得到了意想不到的連結。我不再是當年那個初生之犢，不過這條路上同樣是佈滿了困難與變數。我有的只是累積的人生經歷，和擁抱未知的勇氣。

於是在去羅東的路上，我重新發現了莒哈絲力挽狂瀾的《抵擋太平洋的堤壩》；理解了捷克作家昆德拉文字裡的音樂性，因為他父親是一位不得志鋼琴演奏家；在隧道裡獲知保羅．奧斯特的過世，黯然神傷地重聽他的法文訪問……

這條到羅東的路，連結了看似毫無關聯的我的前世今生：從巴黎左岸，到冬山河畔。

這些根本和羅東、和瓦斯廠，八竿子打不著的聆聽，卻在不知不覺中啟動了一個開關，像是一劑微量的催化劑，讓這條原來辛苦的漫漫長路，一點一點地轉化為，容我天馬行空冥想反思的獨處之路。

更忍不住想，四十多年前，踽踽獨行北宜公路的爸爸，他有音樂可聽嗎？四十年後，聽力已經嚴重受損的爸爸，這一路上，都在想些什麼呢？

我覺得自己化身成了一個日復一日，在日本枯山水庭園裡，梳理勾勒各種砂石波紋的小徒弟，慢慢意識到重複不是重複，而是自省內觀的脈絡與風景。就像一曲高深晦澀的古典樂譜，要經過多少次的捶打苦練，才能化為收放自如的繞指柔，昇華成為觸動靈魂的音樂宴饗？

努力，讓我覺得自己活著，認真的活著。我馴服的不是這條路，而是我自己。

我想起京都美麗優雅的哲學之道，和海德堡知名的哲學家小徑。或者是沒有去過但是久仰大名的西班牙朝聖之路。

全世界繞了一圈，沒想到在這個裡找到一條我的路。
千尋羅東。跌跌撞撞，摸索前行，一條哲學家之路，一條朝聖療癒之路。
我的領悟之路。

姐在羅東賣瓦斯 / 王雅倫作 . -- 一版 . -- 臺北市 : 時報文化出版企業股份有限公司 , 2024.10
面；　　公分 . -- (新人間 ; 427)
ISBN 978-626-396-843-1(平裝)

863.57　　113014437

ISBN 978-626-396-843-1
Printed in Taiwan

新人間 427

姐在羅東賣瓦斯

作者　王雅倫｜**封面繪圖**　王愛眉｜**主編**　謝翠鈺｜**企劃**　鄭家謙｜**封面設計**　朱疋｜**美術編輯**　SHRTING WU｜**董事長**　趙政岷｜**出版者**　時報文化出版企業股份有限公司　108019 台北市和平西路三段 240 號 7 樓　**發行專線**—(02)2306-6842　**讀者服務專線**—0800-231-705・(02)2304-7103　**讀者服務傳真**—(02)2304-6858　**郵撥**—19344724 時報文化出版公司　**信箱**—10899 台北華江橋郵局第九九信箱　**時報悅讀網**—http://www.readingtimes.com.tw｜**法律顧問**　理律法律事務所　陳長文律師、李念祖律師｜**印刷**　勁達印刷有限公司｜**一版一刷**　2024 年 10 月 18 日｜**定價**　新台幣 380 元｜缺頁或破損的書，請寄回更換